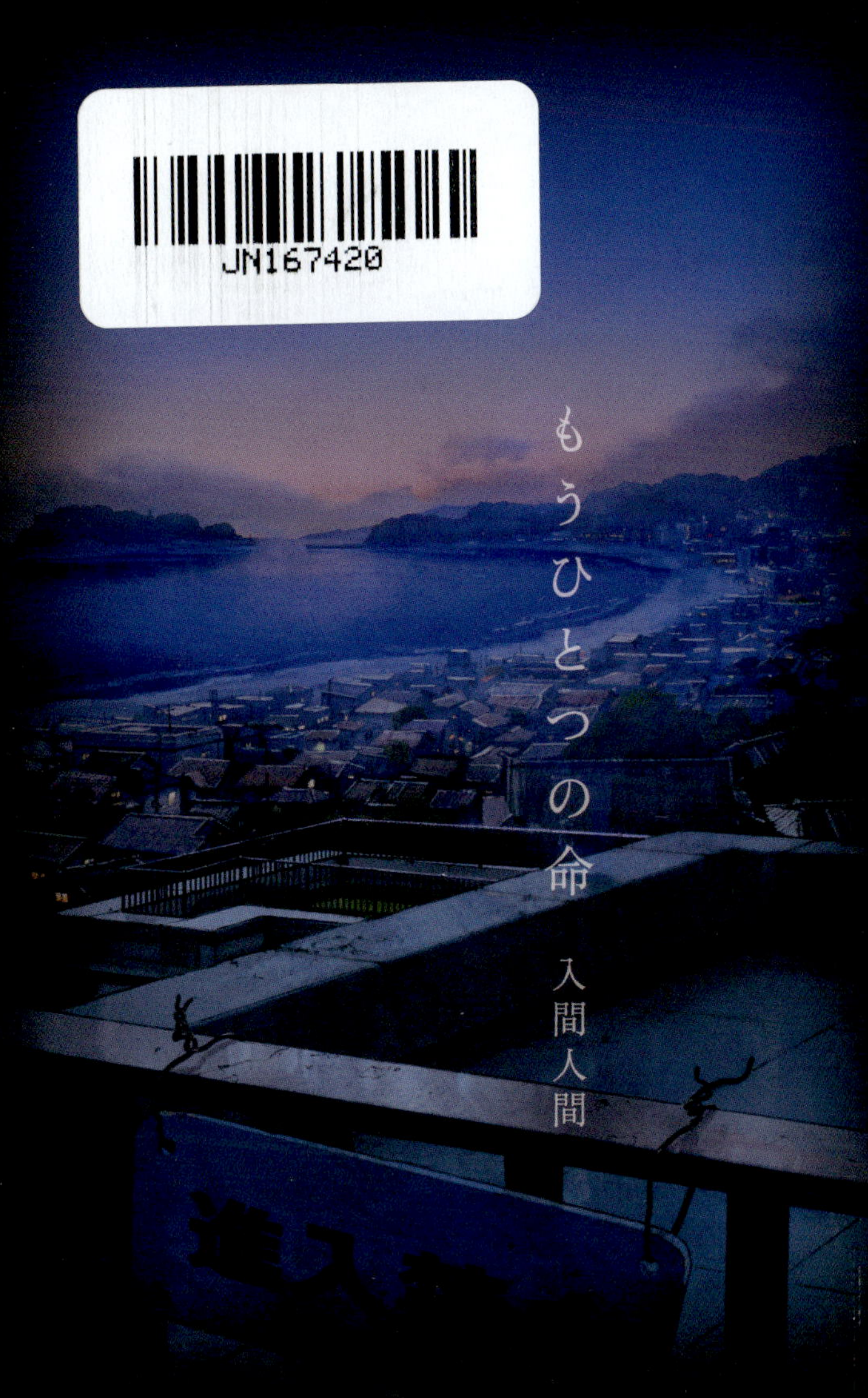

もうひとつの命

入間人間

イラスト／くろのくろ　デザイン／カマベヨシヒコ

もうひとつの命

入間人間

死人

稲村《いなむら》が生き返ったとき、僕は真っ先に野外学習のことを思い出していた。

その大きなツバと、真っ赤《まか》な帽子が視界を包みこむようだった。

白い棺桶《かんおけ》の蓋を蹴飛《けと》ばして起き上がった稲村は、まず目をぱちくりとさせる。それから、椅子より転げ落ちた僕らに目を向けた。稲村の方もなにが起きたのかまだ理解できていないのか、棺桶の中に座りこんだまま「ん？　ん？」と気まずそうに頭を掻《か》いている。格好も、状況も把握できていないという感じだ。

寝起きのそうした仕草《しぐさ》にも、あの冬山での出来事が重なって見える。

その稲村がぎょっと目を丸くした先にあるのは、濡《ぬ》れたように色の隙間のない黒髪。妖艶《ようえん》たる存在が反応するより早く、別の制服姿の女の子が立ち上がった。

「あんた」

七里《しちり》だった。椅子から離《はな》れて、稲村に一歩近づく。

開いたままの七里の口から、言葉の続きはない。既に語り尽くしたように。名前を呼んだわけでもない、ごくごく短い呼びかけ。でもその中に、たくさんのものが詰まっているように思えた。複雑な胸中をそのまま明け渡すように。

受け止めた稲村は、それらを事細かに仕分けすることができるのだろうか。

惚《ほう》けたような、眠たげな目もとが微《かす》かな光を帯びる。

「うん」

小さく、納得するように一度頷《うなず》いてから。

「やっぱり、ぼく死んだよね」

稲村が朗らかに事実を認める。語り口は穏《おだ》やかで、さきほどまで冷たく、硬く、閉じきっていた唇にも瑞々《みずみず》しさがあった。七里を真《ま》っ直《す》ぐ見つめて、ふっと、息を吐く。

「じゃあここは天国《てんごく》かなぁ？　だって、」

稲村が話している最中《さなか》、状況が渦を巻くように動き出す。

葬儀場にはおよそ似つかわしくない、悲鳴のような反応が湧き上がるのだった。

まず、稲村の両親が泣くのも投げだして駆け寄り、要領を得ない叫び声をあげて娘の肩を叩《たた》く。小さな頭が軽々しく揺れて、稲村が目を回す。次いで高校の友人たちらしき女生徒や、親族が続々と集う。小さな御輿《みこし》を担ぐには不適当な大人数で、溢《あふ》れた人の手足が崩れた砂山のように流れて、整《ととの》っていた葬儀場を巻きこんでいく。厳粛《げんしゅく》に進行されるべき女子高生の葬式は、完全に瓦解していた。

やがて少し落ち着いた葬儀場の人が病院へ検査を受けに行くことを提案すると、大《おお》騒《さわ》ぎを引き連れて、拉致に等しい扱いを受けた稲村が姿を消した。混乱していたのか、稲村は棺桶ごと運ばれていった。本人は呆然《ぼうぜん》とする七里に目を向けて、困ったように笑っているのだった。

追いかけることなく残ったのは、僕を含めて四人。稲村の親友である七里まで付き添うことなく、この場に留《とど》まっていた。人と共に転がった葬儀場の椅子を、藤沢《ふじさわ》が黙々《もくもく》と直している。僕たちはそれが終わるまで、口も身体《からだ》も動かせないでじっとしていた。

そして最後の椅子の背もたれを摑《つか》んだところで、藤沢の動きも止まる。

変哲もなさそうな白い椅子に、藤沢はなにを見ているのか。

空調《くうちょう》が効いて乾いた空気に晒《さら》されて、鼻が痛む。

「覚えてる？」

振り向いた藤沢の長い髪が、滴《したた》る雨のように艶《つや》を放つ。

なにを言いたいのかはすぐに分かった。

少しの間を置いて。

「ああ」

誰《だれ》かの代わりに返事をする。

他の連中も口こそ開かないけれど、きっと思い出しているだろう。

僕たち六人があの日、魔女《まじょ》に出会ったことを。

死人死人

弟はある日、急に亡くなった。事故だったか、病気だったか。

どうも、はっきりとしない。

そのときの散り散りとなるような気持ちは、時を経て落ち着いても再現することはできなかった。それまでの僕は、綺麗《きれい》な絵を眺めているだけだった。目の前に飾られた、完成した絵をただ綺麗だと思っているだけでよかった。それが当たり前だった。

その絵を描く人が、維持する人が、たくさんの人が動いていることも知らなかった。

そしてそれだけ細心の注意を払っても、唐突に破かれて原形を失うことがあることも。僕は、なにも知らなかった。

知った代償《だいしょう》は決して小さいものではなかった。

一緒《いっしょ》に歩いて、弟だけが消える。

死ななかった僕と、亡くなった弟にはどんな差があったのか。

それをまだ、運という言葉で片づけたくはない。

そんなことを思い返すには、最適の日だった。

ぐん、と。意識《いしき》が固まると同時に、顔にかかる重みを意識した。

寝汗の混じった額《ひたい》に手を置いて、重い頭に辟易《へきえき》しながら起き上がる。

すぐに、針が刺さるように日付を意識した。

「ああ、今日《きょう》は……」

言葉の続きは声にならなかった。額を押さえて、少し時間が過ぎる。痛みはすぐに引く。けれど鈍重なものがいつまでも頭の中に留まっていた。呼吸を強めても循環《じゅんかん》することはなく、蒸し暑さに応じて濁《にご》っていくようでさえあった。

解消を諦《あきら》めてベッドから降りる。カレンダーを一瞥《いちべつ》して、思わず溜息《ためいき》を吐《つ》いた。

今日は、弟の命日だった。

二階の廊下から晴れ模様の景色《けしき》を眺める。隣家《りんか》の屋根の向こうから、雲がもくもくと生まれていた。入道雲が姿を見せ始めて、夏の始まりを意識する。家の近くではまだだけれど、登校中の神社の側《そば》を通ると蟬《せみ》の声も聞こえるようになっていた。

七月十五日。詳しく忘れたけれど、弟が死んだ日も同じように暑かっただろう。

階段を下りて、自分以外誰もいない家のあっちこっちへと歩き回って用意を済ませる。両親は共働きで出かけるのが早く、帰るのも遅い。

「…………………………」

昨日のことを、幕でもかかるような視界の向こうで思い返す。

稲村の葬式は中途半端に終わった。当たり前だ、生き返ってしまったのだから。あのあと、特に会話も弾むことなくなぁなぁで解散となった。本当は四人で話し合うべきことはあったはずなのに、上手《うま》く喋《しゃべ》りだすことができなかった。

そもそも、他の連中と格別に仲がいいわけでもなく。

稲村や七里とは付き合いがあるわけではなかった。学校も違うし、顔を合わすようなこともほとんどない。和田塚《わだづか》や藤沢だって似たようなものだろう。それでも、疎遠に等しい僕らが集ったのは、思えばあの時のことが頭の隅にあったからかもしれない。

過去は忘れていても、埃《ほこり》をかぶっても、決して独りでに消えることはない。

居間のテレビの前に屈《かが》み、電源を入れる。チャンネルを変えて確認《かくにん》してみると早速、稲村が映っていた。わぁ、と声が出る。世間は蘇《よみがえ》った女子高生にどんな反応を示すだろうか。オカルトが流行《はや》っているし、ちょっと大きな騒ぎになってしまうかもしれない。稲村が家に無事帰れるのも随分と先になりそうだ。

「僕は……生きてるよな」

一度は死んだ稲村が平気な顔で生きているなら、或《ある》いはここがあの世って考えもある。だけど、と部屋《へや》を見回してそれはないなと納得する。

ここが死後の世界なんてものなら、弟が同じ家にいてもおかしくないだろう。

紙の束でも嚙《か》んでいるように味のしない朝食を取り終えて、学校へ出かける。

下天《げてん》の右往左往もなんのその、快晴の朝が整っていた。空は群青《ぐんじょう》の風呂敷《ふろしき》を広げて無機質《むきしつ》な社会を包む。背を伸ばして日に向き合うと、そのまま光に押されて後ろに倒れてしまいそうだった。夏休みも近いけれど、心浮き立つものは薄《うす》い。

稲村が死んだり、弟のことを思い出したり、それどころじゃなかった。

自転車を押して飛び乗り、いつも通りに学校へ向かった。


下駄箱《げたばこ》から教室まで、校内の様子を軽く窺《うかが》ってみたけれど、稲村のことで大騒ぎになっている雰囲気はなかった。早くも訪れる夏の暑さに茹《ゆ》だり、死人の話なんて辛気《しんき》くさいものは敬遠しているだけかもしれない。僕だって他人事《ひとごと》なら考えたくはない。

でも、多分《たぶん》、恐らくいやきっと。当事者なんだよなあ、と胸を叩く。

廊下もそうだし、入った教室も茹だるように暑い。夏は人の熱《ねつ》がただ嫌なものになる。席に着いて大人《おとな》しくしていても、身体を投げ捨てたくなるほどに不快だ。

和田塚も、こんな落ち着かない気分になっているだろうか。

他の四人の中で、同じ高校に通っているのは和田塚だけだ。クラスは違うが、会いに行こうかと考える。けれど短い休み時間だけで話しきれるかは疑問だった。和田塚も覚えているか、或いは思い出しているだろうし、こんな場所で話すにはいささか重たいものがある。

夕方に家まで出張してもらえばいいかと結論《けつろん》を出して、授業が始まるまで動かなかった。

その日の授業はどれも、いつもより頭に入らなかった。

そうして放課後《ほうかご》、一斉に沸き立つざわめき。その空気がどこか気に入っている。沈みがちな気分も少しだけ解放されて、なにをしようかという気になる。それは前向きであるし、人の中で生きるということの十分な意味だと思った。

「……帰るか」

弟の命日ではあるけど、墓に最後に寄ったのは何年も前だ。中学生になったあたりで止《や》めただろうか。それまでは盲目的に墓参りしていたけれど、ふと、その意味について考えだしてしまった。

弟の死を振り返れば陰鬱《いんうつ》の欠片《かけら》が降ってくるし水溜《みずた》まりに足首を突っ込むような気持ちになるけれど、その奥底にあるものはなんだろうと気になってしまう。弟の死に対して、本心から想《おも》っていることを見つけられないでいた。それを探した上で向き合おうと決めてから何年も経過して、未《いま》だになんの答えも得られないでいた。考えすぎなのかもしれないけれど、弟の死をいつの間にか、自らの生死と重ねている自分がいた。弟が死んで、なぜ僕が生きているのか。

そこにどんな理由や意味があるのか。

僕は、とてもややこしい悩みにつきまとわれている。

一つの死によって面倒《めんどう》くさい人生に囚《とら》われる。生きていてくれたらよかったのに。

死ぬ前にあの魔女と出会っていれば、弟も生き返ったのだろうか。

詮無いことを考えながら帰路に就く。朝起きて、学校に行き、ただ帰る。異様なことが一つや二つ起こったところで、人生に起伏の波が訪れるようなこともなく。

稲村のような存在とは異なる、俗人である自分を思い知らされる。

家に帰ってから着替える前にテレビを点《つ》けてみると、早速、その知った顔が映っていた。室内の蒸した空気を吸い込みながら、画面をじぃっと見つめる。

「さすがに服は変わっているな」

稲村がカメラと記者に囲まれている。病院の中で騒ぐのはさすがに駄目らしく、駐《ちゅう》車場《しゃじょう》の端で大勢の人に囲まれていた。顔色もよさそうだし、昨日《きのう》まで死んでいたとは信じがたい。葬式の場にいなかった記者たちだって、話半分なことだろう。

稲村は変わらず瞼《まぶた》の重い顔つきで眠たそうだ。他所《よそ》行きの顔なんてないらしい。

『そうですね、私は確《たし》かに死にました。心臓《しんぞう》も一度止まりましたし……死んでいる間の記憶？　ないですね。気づいたら狭いところにいて、足を動かしたら蓋がふっ飛びまして……』

受け答えに慣《な》れたものを感じる。昔とったなんとやら、ってやつだろうか。

もしも死んだのが僕でテレビに映っていることを意識したら、緊張《きんちょう》してろくに舌が回らないだろう。醜態《しゅうたい》を晒せば、奇跡も輝《かがや》きを半減させる。それの良《よ》し悪《あ》しはともかくとして、この役回りを務められるのは僕らの中で稲村だけだろう。

だれかの意思が混じっているように、上手くできているものだった。

チャンネルを何度か変えて、稲村一色の番組をしばし観賞《かんしょう》する。内容が一緒であることを把握して、テレビから離れて着替えた。まだ確認していないけど、夕刊の見出しにも載っているかもしれない。全国が再び、稲村を目にする。

それは森の奥深くに潜《ひそ》む魔女だって……魔女の家に、テレビと新聞配達はあるだろうか。なかったら世事をどう知るのかって話だけど、俗世なんて無縁《むえん》かもしれない。

今生きていたらと魔女の年齢《ねんれい》をおおよそ数えようとしたけど、不毛なので止めた。

「さてと」

夕飯は自分で用意しないといけない。平日は朝と夕の二食で済むけど、休日になると三食きっちりだ。これから夏休みに入れば毎日、と想像するだけで早速げんなりする。台所に立つ前から、汗がじっとりと背中に浮かんだ。

蟬の鳴き声が小さくなるまで、ぼうっと佇《たたず》む。倦怠感《けんたいかん》はいつまでも消えない。

話をすること以外にも、シェフを呼ぶ理由は十分だった。

玄関の下駄箱に置いてある固定電話は、昼の残り火のように生温《なまぬる》い。和田塚の家の電話番号は記憶《きおく》しているので、脇のメモ帳に用はない。そのまま番号を押す。

問題は家にいるかどうかだった。あと、できれば本人に出てほしい。

友達の親と話す独特の気恥ずかしさは、一体どういう心の働きなのだろう。

ややあって、電話が繫《つな》がる。

『はい和田塚ですが』

本人のあまり愛想のない声が聞こえて、ほっとする。

「腰越《こしごえ》だけど」

名乗ると、声だけで用件を察したようだった。

『おう。出張か？』

「頼む」

『分かった。三十分ぐらいで着く』

電話が切れる。僕はその言葉通り、大人しく三十分を待った。

それだけでは足りなくて、四十分ほどが経過した。

夕暮れが引っ込んで空が夜を着飾る頃、短パンに半袖のラフな格好の和田塚がやってきた。右腕には日焼けに混じって、虫さされの赤い跡がある。部活動に励んでいないのに、僕よりも焼けていた。庭の手入れの賜《たまもの》だろうか。

「よく来たな味沢《あじさわ》君」

「こんな時期に黒ずくめの格好は死ぬって」

靴を脱ぎながら和田塚が肩を揺らした。体格は痩せ気味で、肩の出っ張りが目立つ。やや長い髪を後ろで纏《まと》めて、普段《ふだん》は見えない耳が露出《ろしゅつ》していた。

和田塚は小学校に上がる前は近所に住んでいた。今はけっこう遠くの家となってしまったけれど、こうして時折、料理をするために家へとやってくる。

「じゃよろしく」

「うむ」

　差しだした千円をしっかり受け取る。内心、ちっと舌打ちした。

　和田塚は一回千円で出張してくる。機嫌がいいときは無料にしてくれるが、今日は千円札を徴収した。一緒に台所へ向かい、冷蔵庫の中身を確認する。

「お、今日はなんにもないってことはないな」

「確認してから呼んだよ」

　前に冷蔵庫が空の状態で呼んでしまって、和田塚はカップラーメンだけを用意して帰っていった。千円取られた。残念なことに、千円分の妙味は感じ取れなかった。

「なんにすっかな……ああ、向こうで待っててていいぜ」

「任せた」

　食材と睨《にら》めっこする和田塚にこの場を任せて、続き部屋の居間に寝転ぶ。

　和田塚は料理屋の跡取りとか、そういう出自はないが腕の立つ男だ。趣味《しゅみ》なのかと聞いたら少し違うと返事があった。趣味は家の庭の水やりらしい。渋い。

「夏休みも呼んで大丈夫なのか？」

「特別料金で営業中」

「そりゃありがたいけど、財布は終日フリーってわけにいかないからな……」

普段からして、二週間に一度くらいしか頼っていない。

「これがかわいい女の子だったらなー」

「お互いさまだ」

ごもっとも。

待っている間、テレビを点けるか二回くらい迷った。点けたら稲村とご対面だ。稲村は美人よりかは、かわいいに分類されると思う。大人びた七里とは正反対だ。どっちかというと僕は……なんて、好き勝手に二人《ふたり》を評価して時間を潰《つぶ》す。

ほどなくして、香ばしい匂いがわっとやってきた。

「できたぞ」

「はいはい」

起き上がってテーブルに四《よ》つん這《ば》いで寄る。皿や茶碗《ちゃわん》から上がる湯気が心地《ここち》よい。皿に載っているのは豚肉とナス、それから獅子唐《ししとう》の味噌《みそ》炒《いた》めだった。

「中華《ちゅうか》?」

「モドキ」

和田塚は一仕事終えて、壁《かべ》に寄りかかるようにして座る。考え事に耽《ふけ》っているのか、口が半開きだった。そういう隙を見せることの少ないやつなので、ちょっと珍しい。

「いただきます」

手を合わせて挨拶《あいさつ》する。和田塚は目だけ動かして、その挨拶に応じた。

「んむ」

「……………………」

濃厚《のうこう》な味付けが舌を越えて喉まで痺《しび》れさせる。そこに飯をかっ込むと、口の中が蒸されるように熱気でいっぱいになり、それが充足感に繋がるのだから不思議《ふしぎ》なものだ。

短く唸《うな》りつつ食べていたら、和田塚にせっつかれた。

「感想ないのか？」

そういうのを欲しがる性格じゃないと思っていたので、少し意外だった。

冷静なようで、和田塚もやはり昨日から浮き足立っているのだろうと察する。

「ああ……面白《おもしろ》い」

「ん？」

「同じ材料や調味料を使っているはずなのに、僕が作るのとはまるで違う」

ここまでできてこその料理だなぁとしみじみする。

「どーも」

賛辞《さんじ》を受けて、ぼうっと座りこんでいた和田塚が動く。テレビ台の代わりを務める戸棚を覗《のぞ》きこんで、扉をつんつくと突《つつ》いた。

「スーファミやっていい？」

「どーぞ」

許可を得て、和田塚が嬉《うれ》しそうにゲーム機を引っ張りだす。

新型のゲーム機の宣伝に煽《あお》られて、飛びつくように買ってはみたものの今や和田塚の方が遊ぶ時間は長い。どうも僕は、指先だけを動かすのは向いていないようだ。

「お前は買わんの？」

「検討中」

和田塚がマリオのカセットをはめこんで、猫背をこちらへ向けながら遊び始める。

僕はその様子へ時折目をやりつつ、ナスを嚙む。不安定な歯応えから味わいがじゅっと広がるのが気持ちいい。

「なぁ、美味《うま》いのはいいけどさ。これ肉少なくない？」

細切れの小さな豚肉を箸《はし》で拾い上げながら、疑問を口にする。

「あ、やっぱり？」

「遠慮《えんりょ》せず入れてくれてよかったのよ」

「いいんだよ、それは野菜を食べる料理なんだ」

「そんなもんかね」

言いきられると蘊蓄《うんちく》があるように思えて押しきられる。

僕はどうも、他人の自信ってものに弱いようだ。

直面するとまるで、強い日が目に飛びこんできたように顔を背けたくなる。

「お前は食べないの？」

「腹減ってないし」

和田塚がファイアボールをばらまきながら返事する。和田塚は料理を作るのは好きだが、食べるのには大して関心がないようだった。本人は志していないみたいだけど、料理人向きの気質なのかもしれない。しかし、凄《すご》いなぁと噛みしめる度に感心する。

「努力家だな」

「あ？」

「勉強とはまた違うことも積《つ》み重《かさ》ねて。毎日ちゃんと生きてるって感じ」

自分を省みつつ賞賛《しょうさん》する。和田塚は目を細めて「べつに」と呟《つぶや》いた。

「一人で生きるのが目標なだけだよ」

テレビ画面の中でマリオを全力疾走させながら、和田塚が答える。

「一人で生きて、独りで死ぬ。俺の理想だ」

土管を飛び越えたマリオが、すぐ後ろの穴に吸いこまれていった。

「ほげ」

「理想を貫いたな」

「まだまだ」

残機があったのですぐ復活する。とはいえ、残りの数は心許《こころもと》ない。

茶碗の底に残った米を箸ですくってから、思い出した四字《よじ》熟語《じゅくご》を口にする。

「独立独歩ね」

「まぁ、人付き合いが好きじゃないだけだな」

あっさり細かく咀嚼《そしゃく》してしまうのだった。こちらも噛んで、飲んで、味わう。

普段は喉を通りづらい野菜の味が、鮮《あざ》やかな後味を描く。

和田塚の奮戦《ふんせん》を観賞しながら、無言で箸を動かした。

「……ごちそうさま」

「あいよ」

皿と茶碗を空にしてから挨拶する。和田塚は手が離せない中、目線《めせん》だけよこす。

「皿とかは置いといてくれ。俺が洗うから」

「悪いな」

「それも料金の一部ってこと」

「プロは違うね」

「客は今んとこ、お前くらいだけどな」

　宣伝もしていないだろうにと笑う。和田塚だって普通にバイトする方が稼《かせ》げるだろうし、じゃあなんでやっているかというと……まぁ、仲よしごっこってやつだ。

　満たされた腹に引きずられるように、目もとがぼんやりする。頬杖《ほおづえ》をついて目を瞑《つむ》れば、テレビから訪れる音はよい子守歌となるだろう。が、いかんいかんと頭を起こす。肝心なことが済んでいないのに、寝てしまってどうする。

　和田塚を呼んだのは単なる横着ではないのだから。

　座り直し、眠気をごまかしてからぽつりぽつりと、本題を切りだす。

「稲村、いつ家に帰れるんだろうな」

「さぁなぁ」

　甲羅《こうら》を踏みながら和田塚が淡泊に答える。

「なにしろ蘇ったわけだし、検査が終わってもカメラにでも囲まれるんじゃないか」

「もうテレビに映ってたよ」

「へぇ」

テレビに大々的に、あの寝ぼけ眼が映るのを思い出す。随分久しぶりじゃないだろうか。小学生の頃は色々な大会に参加する稲村が、時々テレビに映っていた。神童だなんだと持ち上げられていたが、それも中学生になったあたりからなりを潜めたように思う。

単に僕がそういう番組を見なくなっただけかもしれないけど。

しかし天才だとは意識していたけど、まさか生き返りまでこなすとは。

神童どころか、神様そのものだ。

あぐらを掻いたまま壁を向く。目の焦点が合わなくなると、紅葉《もみじ》の色合いを記憶に見た。

「なぁ、覚えてる？　野外学習のこと」

昨晩の藤沢みたいに、記憶の有無を問う。

返事には間があった。

答えは聞く前から分かっていたけど、待った。

和田塚がステージの途中で停止もせず、コントローラーを床に置く。

残機は既に失われて、あとはなくなっていた。

「昨日思い出した」

やっぱり、僕と同じだった。

そもそも大して親しくもない僕らを結びつけたのは、取るに足らない一行事だった。

小学四年生の冬だったと思う。年が変わる前、十二月。夜の一番長い時期だった。

小学校では野外学習という宿泊行事があって、自然と触れ合って共同生活して集団生活の意識を高めるとか……そういう目的なのだと思う。詳しいことは分からない。寒い季節に外で活動するなんて正直、心弾む内容ではなかった。

活動の際には班ごとに分かれるのだけど、その班に集《つど》ったのが僕らだった。僕、七里、和田塚、稲村、江ノ島《えのしま》。そして、藤沢。

班長は藤沢だった。当時の藤沢は無愛想極まりなく、今も変わらず極まりなく、それはさておきおよそ班を纏めるなんて人柄ではなかったのだが、先生がそう決めてしまったのだから変更はできないのだった。

もし意見を交わして僕らが自由に決められるとしたら、班長は七里になっていただろう。七里は仕切るのが上手いかはともかく、そういう立場に率先して収まる女子だった。

じゃあなんで藤沢かというと、担任の先生がそういう人だったからに他ならない。陰気なやつにも日を与えたがるような人だった。

最初、僕にもやらせようとしていたが逃げた結果、藤沢に落ち着いた。藤沢は立候補こそしなかったけれど、決まってからは特に反対することもなかった。当時の僕はそれを意外に思ったものだった。この頃の僕は藤沢を強く意識していた。表立たないよう心がけてはいたけれど、もしかすると周囲には筒抜けだったのかもしれない。あとになってそうした部分を振り返ると顔を手で覆《おお》って身もだえしそうになる。

閑話休題。

ただ言うと、藤沢を意識していたのはませた色恋とかそういうものではない。同情や仲間意識というものが念頭にあったのだと思う。

藤沢も、妹を亡くしていたのだ。

野外学習の行き先は自然《しぜん》の家《いえ》とかなんとか、そんな名称の場所だった。山にほど近く、喧噪《けんそう》から離れて、そして寒風を建物が凌《しの》いではくれない。平々《へいへい》として、閑散としていた。ここでなにを学べばいいのかと内心まで冬の冷たさに満ちるのだった。

その日の昼はみんなで銀紙に包んでホットドッグを焼いたけど、僕の分は半分ほど炭になっていた。火に近づけすぎていたらしい。失敗したのは江ノ島のせいにしておいた。

　上手く作ったのは稲村と藤沢だけだった。

　七里が苦いのか悔しいのか、眉間に皺《しわ》を寄せて食べていたのが印象に残った。

　上手く焼けたのを稲村が半分譲《ゆず》ろうとしたら受け取らないで逃げ回っていたのも、少し面白かった。

　稲村は学校でも大体、七里と一緒に行動しているのを見かけた。いつも眠そうに、瞼がやや重い。口もとはへらへらと軽薄《けいはく》に緩《ゆる》く、背丈の低さも相まってか七里と横並びだと同級生というより姉妹みたいだった。

　僕らの班で一番有名なのは、多分この稲村だ。

　その名は学校に留まらず、もっと広い場所にまでその存在は知られている。

　同年代と勝負すればどんなことでも負けない。種類問わず、勝ち続ける。本人の暢気《のんき》な顔つきと相まっての余裕もあってか、大人しくしていても目立ってしまう。大人はそれを高く評価していた。僕はそれが凄いなと思っていても、そこまで大騒ぎするほどのことかな？　と思っていた。騒がれていたのが気に入らなかったのかもしれない。僕にはそこまで人を左右するような価値は、少なくとも当時にはなかった。

　あの頃の僕らはまだたくさんの高いものに世界を囲まれて、息苦しさのようなものを覚えていた。自由に走り回っているようで、ふと気づくと自分がどこにも行けないような気がして焦り、苛立《いらだ》ち、それを解消することもできないで空を仰いでいた。

僕たちが『それ』に出会ったのは、そんなときだった。

翌日、山を少し登って、緩やかな広場まで来たところだった。洗濯《せんたく》でもされたように緑黄が抜け落ち始めた木々と共に、僕たちは自由行動の時間を迎えていた。自然の家から少し離れたその土地は遠くを森に囲われて、なだらかな丘陵《きゅうりょう》となっていた。僕は親戚の家の近くにあった棚田《たなだ》を思い起こして、空気を吸いこむ。木の匂いが強い。

遠くには行かない程度に、好きに遊ぼうというお達しを受ける。

ただ自由とはいえ班ごとに行動するという決まりがあったのだけど、僕らの班はまったく守らなかった。そもそも班長である藤沢が無言で離れていってしまった。稲村も別方向に走りだして七里はそれを追いかける。残った僕、和田塚、江ノ島の男子組は周辺の植物に興味《きょうみ》なくて立ち惚けていた。和田塚は無口だし、江ノ島はおどおどしているし、教室でも大して話さないのに、外に出たからってなにかが変わるものでもない。辛《つら》い時間となる。僕としてはこんな陰気な連中と一緒にいると、余計に寒々しくなるので逃げだしたかった。でもどこへ行く、と広場を見渡す目が定まらない。

仲のよい友達なんて、ぱっと見つからない。

居心地悪く、無益に過ごしているとほどなくして藤沢が戻ってきた。藤沢は森の方から一人で歩いてきた。

「ちょっと来て」

近くで声をかけられてぎょっと目を見張った。頭から出血しているように見えたからだ。しかしそれが前髪に乗っかった葉っぱだと気づいてほっとする。藤沢は僕の視線を感じて一睨みでもするように目を動かす。それから、意味に気づいて頭を払った。

赤と茶の混じった葉が散り、地面に溶ける。

他の四人が集まっているのを見てか、稲村と七里が走って寄ってきた。

「どうかした？」

「人が倒れてる」

藤沢が淡々と、冬風のように乾いた声で事態を告げてくる。

え、と混乱で一拍置いている間に藤沢は動きだしていた。

「あっちよ」

藤沢は最低限の説明を続けて先導《せんどう》しようとする。待て待て待てと言いたい。

実際に口にしたのは七里だった。

「倒れてるってなに」

「そのまま。女の人が倒れていたの」

言い方から、一緒にここへ来た同級生が相手ではないと知る。

知らない大人が倒れているのだろうか。

「そういうのは先生に言った方がいいんじゃない」

七里がもっともなことを言う。藤沢は一瞥して、すぐに前を向いた。

「先生は医者じゃないわ」

そりゃまぁそうだけど、と七里を見つつ頭を掻く。七里は不服そうに藤沢の背中を睨んだけれど、藤沢はまったく意に介さない。

けど僕らも医者じゃないのでは、と思ったけど口にはしなかった。

言えば藤沢に殴られそうだったからだ。

まだなにか言いたそうな空気を察してか、藤沢の足が速まる。早足で有無を言わせないつもりらしい。僕らが行ってなんの役に立つんだ？　とは思うけれどだれかが倒れているという話なのに放って離れてしまうのも薄情というか、後ろめたさがあるというか。そんな見栄《みえ》みたいなものがあって、藤沢についていくしかなかった。藤沢がやってきた方へ歩いていけば当然、広場を包む森へと続いていく。

「こっちよ」

藤沢は止まらない。追って木々の隙間をすり抜けると大きく場所を変えたように、地面を踏む感触も変わる。積もった落ち葉が、靴の裏と土の間に余分なものを与える。

藤沢に騙《だま》されて森の奥深くにでも連れこまれるのでは、と一瞬《いっしゅん》疑う。

森に少し踏みいったところでその藤沢の足が止まる。広場からわずかに離れただけでも、日が沈んだように周囲の暗がりが深まっていた。元々冷えきっていた空気が更に霜《しも》でも堆積《たいせき》したように落ちこむ。でも、それよりも背中にぞわっと走るものがあった。

大きな木の向こうに、足が伸びていた。

側に立つ藤沢の背中越しに、そろりとそれを覗きこむ。

「ほんとだ」

僕らを代表して稲村が呟く。

倒れていたのは、魔女だった。

少なくとも僕は最初にそう思った。

その魔女は魔法の杖も、黒いローブも持ち合わせていなかったけれど真っ赤な帽子に顔が覆われていた。目もとを切り裂くように斜めに折れた、ツバの長い帽子。魔女がかぶる三角帽子は、まだ枯れていない紅葉の寄せ集めのようだった。

そんな人が、横たわっている。

木々の隙間に、光も届かないまま。

「だいじょぶですかー？」

側に屈んだ稲村がぐいぐいと肩を揺する。「ばか、動かしちゃだめよ」と七里がすぐに注意して抱えるように引っ剝がす。揺すられた魔女の方は反応しない。代わりとばかりに、掴まれた稲村が手足をばたばたさせている。「ええい鬱陶しい」と稲村を放り投げて、七里が魔女に近寄った。

「息してんの？」と和田塚が確認をとるよう促す。怖いこと聞くやつだな、と首を引っ込めそうになる。息していなかったら死体だ。死体を気軽に触っている稲村まで怖くなる。江ノ島も似たような想像をしたのか、そろっと、一歩距離をとった。

「してないわ。肌はまだ温かいけど」

七里が確かめる前に、藤沢が淡々と呟く。ぎょっとなって、藤沢を振り返った。藤沢はそれぞれの視線を受け止める気もなく、だれとも目を合わせない。魔女を見据えている。七里は一瞬腰が引けたものの、足は下がることなくゆっくりと振り向く。

表情はこわばり、顔色も暗がりで分かる程度には血の気が引いていた。

「やっぱり先生を呼ぼう」

七里がこの状況にしては冷静に提案する。稲村も「そだね」と短く答えた。和田塚は無言ながらも同意を示すように目を伏せて、江ノ島はみんなの顔色を窺っていた。

取り分け、藤沢に目が行っていた。気づけるということはつまり、僕も藤沢を見ていたっていうことなんだけど。で、その藤沢はというと。

「だめよ」

冬に似つかわしい、冷たい調子で反対する。

「大人を呼んだら面倒なことになるもの」

「なんだそりゃ……」

藤沢があまりにも動じないので、実はお前が殺したんじゃないかと邪推しそうになった。もしそうだとしたら死体と藤沢、どっちがより恐ろしく感じられるだろう。

「じゃあどうするのよ」

七里が苛立ったように問う。藤沢は答える前に、足を前に出した。

「こうすればいいのよ」

藤沢が倒れこむように膝《ひざ》をつき、そして。

帽子を剝いで表れた魔女の唇に、自身の口を重ねた。

突然のことに呆気《あつけ》にとられる。

藤沢はそのまましばらく顔を押しつけていた。背中の動きが激《はげ》しいことから、どうやら、人工呼吸を行っているようだった。ああ、そういうのか、と遅れて理解する。

「ほら、次」

顔を離した藤沢が代われと催促してくる。しかも、僕の方を見つめていた。

ただでさえ藤沢には色々と思うところがあるのに、急に見られて、しかも内容が内容だけに目を逸《そ》らしてしまう。寝ている女の人に、ええと、と恥じる。

「え、いや、おれはいいよ」

人命がかかっているのに拒否とか、酷《ひど》くないだろうかとは少しくらい思った。

本当に、ちょっとだけ。

「あ、そう」

藤沢があっさりと僕を見限る。そうして動こうとしない他の顔を見回したあと。

特に、七里と稲村を見ていた気がする。

「使えないやつら」

抑揚なく吐き捨てて、藤沢がまた魔女に口づけをした。

結局、藤沢だけしかやらなかった。僕らがここにいる意味はなんだろうと、冷寒たる森の中でぼんやり考える。それは弟があの日、あの場所にいて、事故に遭ったことにどんな意味があるんだろうという、終わることのない問いかけに重なるのだった。

藤沢が三度目の人工呼吸を終えて、顔を離したときだった。

魔女の投げだされた右腕が跳ねる。そして、噎《む》せた。

三回ほど背中を震《ふる》わせたあと、帽子の向こうで顔が動く。呻《うめ》き声《ごえ》をあげながら、地面を手で押して身体を起こした。倒れているのも怖かったけど、起きたら起きたで身構えてしまう。魔女は薄くこぼれた涎《よだれ》を拭った。

「あなたたちは……えぇと」

魔女が寝起きのように頭を掻きながら、僕らを見回す。担任の先生より干支《えと》一回りは若い。声もぱらぱらと、綺麗な砂が流れるように細やかだ。魔女の帽子から連想するのは異国だったけれど写真で見た外人とは異なり、顔の彫りは深くない。柔らかそうな頬は森の中のせいか一層、青白く見えた。

わずかに赤みが差したような、黒く長い髪。弱気なように萎《しぼ》んだ眉毛。ダウンコートのサイズが大きいのかもこもこと羊みたいだし、こうして見ると帽子以外に魔女を象《かたど》るものはなかった。その帽子も、今は地面の上で潰れている。

「だいじょぶ、ですかー？」

稲村が少し膝を曲げて、目線を合わせながら逆に質問する。

ぼうっとして頼りない、魔女の目が稲村を捉える。

「そうみたい」

他人事の口ぶりだった。それから稲村の緩い顔つきに釣られるように、ゆっくりと微笑《ほほえ》む。笑い方に丸みがあって、人好きしそうだと思った。

魔女が森の木を見上げる。なにかを確かめるように頭の動きは素早《すばや》い。

それを終えてから、魔女は改めて僕たちを見た。

「あなたたちが見つけてくれたの？」

「そうよ」

藤沢が冷たい声で答える。魔女は藤沢の反応に、「ふむ？」と不思議そうに目を揺らす。僕からすると、変なのは魔女の方だった。見つけてくれたって、この状況に似つかわしい表現なんだろうか。呼吸が止まっていたのに、暢気な人だ。

そんな無防備な魔女に対して、笑顔《えがお》を向けているのは稲村ぐらいだ。

七里は口もとが険しく、やや警戒《けいかい》しているようだった。それでも、稲村の隣《となり》からは離れようとしない。和田塚と江ノ島は一歩離れていた。和田塚の方は興味なさそうに、江ノ島は怖そうに。江ノ島の方はいかにもすぐ帰りたそうにしていた。そもそもこいつは、野外学習なんてものに参加するのも嫌がっていたと聞く。家以外に寝泊まりとか考えられないようなやつらしい。甘ったれというべきか。

そして藤沢だけが、まったく動かない。

「なんとも元気に爽快……ふふーん」

魔女が自分の唇に触れてから、藤沢を見据える。

「最近の子供にしてはお人好《ひとよ》しね」

「よく言われるわ」

藤沢が平坦な顔のままうそぶく。お前がいつ、だれに一度でもそんなこと言われた。

しかし実際、藤沢が人助けなんてイメージ外にもほどがあった。

教室での藤沢だったら、素知らぬ顔で見捨てているだろう。

「感心、感心」

魔女が言葉を繰《く》り返《かえ》す。そして載った葉っぱを払ってから、帽子をひっくり返す。

手品の鳩《はと》の代わりとばかりに、帽子の中からそれを取りだした。

「よい子にはお礼が必要ね」

両手のひらに載っていたのは、六つの木の実だった。図鑑《ずかん》で見たハマナスの実に形が似ている、赤い実。でも季節が外れているからまた別の実のようだった。

「山で採れたとても美味《おい》しい木の実よ。食べてごらんなさい」

屈託のない笑みで魔女が勧めてくる。僕らは顔を見合わせて逡巡《しゅんじゅん》する。人当たりがよさそうではある。でも知らない人だし、変なところで倒れているし、とお礼を素直に受け取れないでいた。例外を除いて。

「どーもどーも」と真っ先に受け取ったのは稲村だった。「ちょっと」と七里が肘で脇を小突くが、すぐに口に放りこんでしまう。むぐむぐ、口もとが上下して。

「んー？」

予期せぬ味に見舞《みま》われたのか、稲村の眉間に皺が寄る。そのまま気難《きむずか》しそうに嚙み続けて、けれど飲みこんだあとは「おぉー」と晴れやかな表情になった。

どんな味なんだろう、と魔女の手に残る木の実をおっかなびっくり、見つめる。

「ここに住んでるの？」と稲村が聞く。

「そうね。冬はこのあたりにいることが多いかも」

はいどうぞ、と魔女の手が僕に向く。たおやかな手先だった。柔和な笑顔と共に木の実を受け取る。魔女の手は冬の山でありながら、指の腹に微かな温《ぬく》もりを残していた。その温かさを伝うように目線が上向き、魔女の容貌を意識する。

かぎ鼻も深い皺もない、端整《たんせい》な顔立ち。山を下りれば、その涼しげな態度と共に町に溶けこんでしまうだろう。森と帽子が、魔女という存在を支えていた。

別に、本人が魔女と名乗ったわけではないのだけど。

にこにこと見つめられては、木の実を口にする他なかった。慎重に、奥歯で噛んでみると実は抵抗なく割れた。花の香りが口を経由して鼻の中いっぱいに広がる。赤色《あかいろ》の実のイメージ通りに、薔薇《ばら》に似た風味だった。美味しいか？　と首を傾《かし》げつつ、そのまま噛んで飲みこむ。食べている間は花の味だけだったのに、喉を通ってから甘い後味で満たされた。稲村の表情の変化に納得する。

「ふぅん」

和田塚は僕が食べたのを見てから木の実を口にした。毒味役かよ、と渋い気持ちになって目を細める。江ノ島もそれに続いて、おいおいとなった。慣れていない味だからか、和田塚の顔が渋く皺を寄せる。その目が僕を一瞥した。よく食べたな、と目が言っている気がした。

「れれ？　いらないの？」

稲村が七里の手もとを覗きこみながら尋ねる。七里は常識に則《のっと》って躊躇《ちゅうちょ》していた。

「私が食べたげよーか？」

稲村が代わりに手を伸ばそうとする。が、魔女の柔らかい指が伸びた。

「だめよ、一人一つずつ」

魔女がやんわりと遮《さえぎ》る。

「ま、一人で全部食べるのも面白かったかもね……」

ぶつぶつと独り言を付け足したけど、離れていて僕にはよく聞こえなかった。近くにいた藤沢や稲村たちには聞こえたかもしれないが、要領を得ないのか反応が薄い。そうこうしている間に、七里が木の実に鼻を近づける。香りを確かめたあと、口に入れる。

それを見守って、「えらいねえ」と稲村が七里の頭を背伸びして撫《な》でる。七里は目の端を吊《つ》り上げながら「アホ」と頭を叩き返した。仲いいなこいつら、と密《ひそ》かに噴《ふ》きだす。

「あなたはどうする？」

魔女が藤沢に問う。藤沢は常識以外のなにかに基づいて抗《あらが》うように、まだ木の実を口にしていなかった。藤沢に全員が注目する。藤沢は指の間に木の実を挟んで、目の高さに掲げる。

そのまま押し潰すかと思ったが、一睨みしたあとに大人しく口に入れた。噛みもせず丸のみしたのか、すぐに喉が動いた。

魔女は微笑みながらそれを見届けて、立ち上がる。

「命の恩人に返せる恩義は命だけよ。あなたたちに命をあげたわ」

「へぇ？」

思わず間の抜けた声をあげる。いきなりなにを言いだすのか、と理解できない。

「山で採れたと言うのは大嘘《おおうそ》なの。ごめんなさいね」

帽子を深くかぶった魔女がツバの傾きを指で調節する。張りついた葉が舞い散り、身体の一部のように剝がれていった。その落ち葉と一緒に、泳ぐように動く。

「みんなにナイショだよ」

魔女は最後にそう言い残して、森の奥へと歩いていった。

なんだったんだ、と微かに残る指先の感触を見下ろす。息を吹きかければ、埃のように宙を舞いそうだった。そして魔女がここにいたという証《あかし》も一切、消えてしまいそうで。

「大嘘って……やっぱり変なものだったのかしら」

「変な人」

心配する七里と正反対に、稲村が面白そうに見送る。まだ木の実の欠片でもかじっているのか、頰がもごもご動いていた。

「仙人様かな」

「どっちかっていうと、魔女じゃない？」

七里の感想に内心で同意する。仙人要素あるか？　と首を傾げそうになった。それからすぐ、ああ山か、と気づいた。山にいるのは確かに仙人様だと思う。

魔女はどこにいるだろうと考えたら、深淵《しんえん》を宿す森の中を思い浮かべた。

「……ここじゃん」

顔を上げて、その薄暗がりにへへへ、と笑った。

「そろそろ戻ろう。先生に見つかったら怒られるわ」

七里が班長みたいにみんなを纏めて動かそうとする。リーダー風を吹かせる七里は教室内で反発を生むときもあるが、今は反対する者もいなかった。むしろそうして引っ張っていってくれることに、頼りがいさえ感じていた。

そんな七里をにまにま笑うのは稲村、無表情なのは藤沢。

そうして七里を先頭に戻る途中、最後尾の藤沢の呟きが耳に留まる。

それは冬の風を受けて、すぐにでも凍りつく。

「悪い魔女じゃないといいけれど」

『命をあげる』とあのときの魔女は言った。

僕はそれについてこれまで、深く考えてくるようなことはなかった。いや、意識して避けていたように思う。命というものと向き合えば必然、弟の死についても触れなければいけない。それは僕の中で引き剝がすことは決してできないのだった。

弟は僕が六歳のときに死んだ。まだ四歳だった。

四歳だろうと百歳だろうと、死ぬときは死ぬ。

「……まぁ、まぁ、まぁ」

それは、おいといてさ。咳《せ》きこんで、考えを切り替える。

今思うと、藤沢が僕たちを呼んだ理由はなんだったのだろう。さすがに心細かったのだろうか。そんな性格かなぁ、と首を傾げそうになる。むしろ、周りに人がいると鬱陶しがるような仕草を見せていたやつだ。

「あのとき食った木の実。あれがあいつの言う、命だったのかもな」

一通り昔のことを思い出していたら、和田塚が話しだす。

「あれか……花の味がしたな」

残り香は記憶と共に鼻の奥に留まっている気がした。ピンクに近い赤を想起する。花びらが舞い上がり、鼻と目を包むようだった。随分と生き生きとした幻である。

「僕たちも、やっぱり死んでも生き返るのかな」

テレビ画面では、マリオの残機がなくなっていた。

「興味はあるが、気軽に試せないしな」

いやまったく、と笑う。いくら稲村が手本を見せても真似《まね》はできない。

だってあいつ、天才だし。

「確かめたいことは色々あるんだが、しかしこりゃ難しいな……」

「どんなことだ？」

「そうだな……まず、俺たちの命が無限なのか、それとも有限なのかだ」

和田塚が自分の胸もとを二度、指先で叩く。

「何回死んでも生き返るのか、それとも一回か二回なのか……そこが気になってる」

「……はぁ」

和田塚の関心はこちらにとって意外だった。僕は一つ余分に貰《もら》ったぐらいだというのを前提として考えていた。魔女が言っていたからだ。

『一人一つずつ』だと。

「まぁ、無制限っていうのはないな」

「根拠は？」

和田塚がゲーム機の電源を切ってから振り返り、僕に向く。

「ない」

「なんとなくか……」

苦笑する。でも僕は、まぁそうだろうなって思った。

それと同時に、江ノ島のことを思い出していた。

江ノ島は数年前に亡くなっている。こちらは葬儀《そうぎ》で棺桶を蹴るような不作法なことはなかったのだろう、話題になっていないし。あのときも確か参加はして、魔女のことをうっすらと思い出していた……はずだ。正直、薄情だけど葬式の様子やら含めてあまり覚えていない。ほとんど話もしたことがない相手だ。

いつもびくびくしていたのは覚えている。なにがそんなに怖かったのだろう。

命が二つあるのだとしたら、江ノ島は二回死んだことになる。

つまり、矛盾する物言いだけど死ぬ前に一度死んでいる。

僕らに相談《そうだん》することはなかったし、なにを思っていたかは謎《なぞ》のままだ。

和田塚が話を切り上げて立ち上がる。皿や箸といった洗い物を済ませてから、そのまま玄関に向かった。家の外まで見送る。二人で外に出ると、相手の顔が陰に染まる程度に夜が深まっていた。僕の家の周囲はまだ街灯が少なかった。

「じゃあな」

「うん。今日はありがとうな」

いいのよ、と指に挟んだ千円札をひらひら振って和田塚が去っていった。

「またな」

「お、おー」

珍しく、和田塚がそんなことを言ってきて、反応が遅れた。

そんな僕を面白がるように、和田塚が控えめに肩を揺らすのだった。

「なんなんだ……」

ぼやきつつも、不思議と悪い気はしない。

そういえば和田塚は自転車で来なかったんだな。学校には自転車通学だけど、夜間は乗らないのだろうか。前呼んだときは乗ってきただろうか。思い出そうとして記憶になくて、いい加減に生きている自分に呆《あき》れる。散漫な人生だ。

僕も、命が一つじゃないからだろうか。

「………………………」

まだ夜に蝉の鳴き声はない。でも、立ち止まっていても、夏は始まる。

命はすり減っていくのだった。

そして世間で稲村が祭り上げられる中、僕は何事もなく日々を過ごす。

当たり前のように訪れた十七回目の夏は、長い休みに入るのだった。

面倒くささと飯を抜くこと、秤《はかり》にかければ面倒くささが勝る。

空腹だと昼寝もできないという性分だった。

そういうわけで億劫《おっくう》だろうと散歩も兼ねて、夕方前にスーパーまで向かう。小学校の裏手に面したスーパーまでは、歩いて十五分といったところだ。側にできた耳鼻科の病院の駐車場がいっぱいなのを横目に見ながら、夏の下を歩いた。

そうして買い物籠にあれやこれやを詰めてレジに何気なく置いてから、「あ」二人で声を揃《そろ》えて面食らった。

七里だった。スーパーの制服と三角巾に着替えて、バイト中らしかった。

「えーと……やぁ」

「うん」

ぎこちなく挨拶する。ここで働いていたとは、知らなかった。これまで鉢合わせたことはなかったから、夏休みの間だけのバイトだろうか。

七里が店員と知り合いの曖昧《あいまい》な状態でレジの処理を進める。気の利いたことも言えず、それを無言で待つしかない。なんというか、話すべきことはありそうなのだけど、出会いが不意打ちであったこともあって目と意識が左右に行ったり来たりしている。

混迷の中、話題はこれくらいしかないよなぁ、と選択肢なく振ってみる。

「稲村は元気？」

白菜を手にしたまま、七里の目がきっと鋭《するど》くなる。

「知らない」

不機嫌な尖《とが》った声での返事だった。藪蛇《やぶへび》というやつだったか、と顔が引きつるのが分かる。七里は接客業に不適当なきつい表情のまま作業しつつ、愚痴《ぐち》る。

「色々なとこに連れていかれて帰ってこないのよ」

「まぁ、そうだわな」

変えようにも話題なんて他にないのだ。そういうわけで、敢《あ》えて踏みこむ。

「帰ってきたらどうする？」

「どうするってそんなの……べつに、変わんないわよ。普通に学校行って、普通に

……普通」

言いたいことは具体的にたくさんありそうで、けれど僕にべらべらと言いだすことを恥じるように言葉を引っ込めていた。その普通の繰り返しは当たり前をたぐり寄せ

ようと、自分に言い聞かせるようにも感じられた。

……それだけ、大事なんだろうなぁ。

「なによ、へらへらして」

七里に見咎《みとが》められる。笑っていたらしい。確かに頬が曲がっているようだ。

おんなじようなことを、今も思っていた。

「いや。変わらない関係っていうのも、なんかいいなと思ってね」

時間を経ても、たとえ死んでも維持できるっていうのは凄い。

その揺るがなさは、陳腐な言葉で言うと本物であると思う。

「そこまで大層なものじゃないから」

ないない、と七里が溜息混じりに手を振る。それから、僕の喉もとを見つめてきた。

「……なに？」

今度はこっちがそう聞く番だった。

「腰越は変わったわね」

七里がレジ処理を終えてからそう評してきた。

「……そうかな？」

顎《あご》を摘《つま》みながら首を傾げる。自分では把握できない変化だ。

「ま、小学生の頃と比べれば当たり前だけど」

背も抜かれたし、と七里が冗談めかして肩をすくめた。

七里と別れて、スーパーを出る。外はまだ夕日も遠く、真っ昼間の光を維持していた。その下を歩いていると飛行機の音に似た耳鳴りが消えない。

血液が凄い勢いで巡っているのかもしれなかった。

家に帰って、荷物を冷蔵庫に押しこんでから夕飯の準備に取りかかる。この間の和田塚を思い出して、野菜をてきぱきと炒める。

卵焼きの形を整える。

緑色《みどりいろ》と黄色《きいろ》が、それぞれ少し焦げ臭い。

なんというか、上を知ってしまうと自分の作るものが料理からほど遠いと分かる。

明日《あした》あたり和田塚を呼ぼうと思った。

見栄えの悪い野菜炒めとウェルダンの卵焼きを肴《さかな》にテレビ観賞する。どこのテレビ局もこぞって、ということはなくなったけれど一日の中で稲村の顔を見ないことはない。

報道の数は減っても、その扱いは段々と大きくなっているように感じる。稲村が望んでいるかは定かじゃないけれど、過去も含めてあいつはまた世間に認められ始めたのだ。

ただ報道は一つの情報を伏せていた。稲村の死因だ。稲村は、落下死した。

自分から飛び降りたのか、突き飛ばされたのかは分からない。でも犯人なんてものがいるなら、稲村自身が答えて判明しているはずだ。それがないということは、つまり自発的に飛び降りたのではないかと思う。稲村は自殺したのだ。

七里もそれは分かっているはずで、なにを思っているだろう。

正面から聞けるほど、僕は彼女らと親しくない。

「……さて」

テレビを消す。箸を置いて腕を組み、目を瞑る。

命をかけるって言葉がある。命がけでやりますって人は決意できる。

もちろんそれは表現や比喩《ひゆ》のようなもので。

でも僕は違う。

命が二つあるなら、本当の意味でそれができるのだ。

テレビや新聞の中の稲村は、その命をもって再び神童という立場に返り咲いた。奇跡だとか神の子だとか連日騒がれている。少なくとも昔よりは納得できる扱いだ。

昔の稲村は確かに同い歳《どし》からすれば驚異的だった。だれよりも速く、だれよりも飛んで、だれも寄せつけない。でも世間はそれを過剰に持ち上げすぎていたと思う。具体性に乏しいというか……例えば、電話はないと遠くの人と話ができない。電話は絶対に必要なものであり、革新的なものだ。大変に優れている。稲村も同様に優れているけれど、電話ほど絶対的ではない。なくてもその事態が回るというか……難しくなってしまって、上手く表すことはできない。ただ、そこまで神懸《かみが》かっているわけでもない。

今の状況は、本人が狙ってのことだろうか。稲村は命にストックがあることを承知で落下したのか。

意図的か偶然かはさておいても、稲村は予備の命の使い方を示した。

他にどんな使い方があるだろうと頭を捻《ひね》るも、具体的なものは浮かんでこない。

直面してみると、自分の命の価値っていうものに気づかされる。価値は平等ではないのだ。僕の命が一つ増えたところで、塩が一粒増えたくらいに過ぎない。

せめて苺《いちご》くらいないとなぁと思う。稲村は、苺となった。

儚《はかな》く小さな塩粒を、苺に変える方法。

無茶《むちゃ》言うな、と自嘲《じちょう》してしまう。

目を瞑ったまま、探るように鼓動を意識する。

「…………………」

耳には別のざわめきがたくさんあって。

鼓動なんて、聞こえてきやしない。


翌日も似たようなことを考えて命をすり減らし、高校生らしく無為に過ごしていた。布団に転がり、扇風機の回転に眠気をもよおされる。ああー、若さを浪費していくー、と実感もないのに冗談めかして嘆いているところに電話が来た。

舌打ちしながら起き上がる。

家にだれもいないとき、こういうのが厄介《やっかい》だ。僕が電話に出るしかない。無視しようにも、またあとでかけ直されたら余計に鬱陶しい。大抵は勧誘の類《たぐい》なんだけど。

電話は途切《とぎ》れることなく鳴り続ける。受話器を取り、耳に押し当てる。

夏は電話まで生温い。

「はい」

『腰越君？　うちの子はそっちに行っていない？』

なんだ、なんだと急な用件に混乱する。最初、間違い電話かと思った。

でも声の主を頭の中で調《しら》べたところ、和田塚の母親らしいと思い当たる。和田塚の母、うちの子。名前の方が咄嗟《とっさ》に出てこなかったけれど、あの和田塚についてだろう。和田塚が、家に？　けっこう前の話だぞ。

「来てませんけど……」

不穏なものを感じ、慎重に返事する。深い溜息のようなものが聞こえてきた。どうかしたのかと尋ねると、和田塚母は酷く落ちこんだ声で言った。

『昨日から帰ってこないのよ』

「……え」

電話を置いてからも少しの間、その場で立ち尽くした。

和田塚が、行方《ゆくえ》知れず。家出？　夏休みだし、無断で旅行というのも考えられなくはない。ただ和田塚はそこまで無責任でもない。僕ら六人の中で勝手な行動をとるとしたら稲村と藤沢だろう。どこ行った、と廊下を行ったり来たりしながら想像する。

親にとって一番嫌なのは、事件に巻き込まれた可能性だ。早朝に回収してからろくに目を通していない朝刊を開く。載るほどの事件なんて起きることはまずないけれど、隅々まで確認はする。近場での大事件なんて、稲村の復活劇《ふっかつげき》くらいで和田塚の失踪《しっそう》と関連づけるようなことはなにもないようだった。

ただ和田塚は理由もなく消えるようなやつに思えない。

そもそも、理由のない行動なんてものはない。

その行方知れずに、僕らや魔女は関与しているのだろうか。

和田塚を捜しに行こうかと玄関の方を見やる。この場合、警察は動くだろうか。和田塚母の話では書き置きや連絡もないという。自分の意思で家を出たなら警察も関与しないだろうけど、今回は事件に巻き込まれたと考えるかもしれない。それなら動く。

そうなったら、僕が動く意味なんてあるのか。

「ん……いや」

意味はあるな。価値はないかもしれないが。

よし、と特になにも持たないままに外に出た。今日初めて、日の光を浴びる。

夏の日に消えた友達を捜すなんて、冒険的じゃないか。

敢えて明るく、そんなことを思った。

和田塚の行きそうなところを考えるけど思い浮かばない。友達と言っても付き合いが深いわけじゃない。時々飯を作りに来てもらうぐらいだし。その分かる範囲《はんい》、僕と和田塚の家の間を歩いてみることにした。

一人で生きて云々《うんぬん》と言っていた和田塚を思い出す。その言葉を早くも実践しだしたのかもしれない。でもいくらなんでも早すぎる。なにかがあったのだ、なにかが。

ずっと高い場所から見れば小さな町でも、地面に足を着けて歩き回れば存外広い。僕にどこまでできるかは分からないが、町の中を歩き回ってみよう。町内にいる保証はないけどどのみちそれくらいの範囲しか動けないので、町を捜すしかなかった。

引っ越した和田塚の家の前まで来る。わざわざ挨拶はいいか、と庭だけ眺めた。

趣味の庭いじり、草木の世話だったかのお陰で、縦長《たてなが》の庭には瑞々しいものを感じる。敷《し》き詰《つ》められた白石の端に銅製の瓶《かめ》が置いてある。三つほど並ぶそれを覗くと、たくさんのメダカが泳ぎ回っていた。これも和田塚の趣味の範疇のようだった。

少し眺めて、家人に見つからないように去った。

さて早くも行くところがなくなったので、あてのない捜索が始まる。すれ違う多くの人たちが一斉に協力してくれたら、あっさりと見つかりそうなものだ。でもそんなことは叶《かな》わない。人は思うよりも思い通りには動かないものだ。

準備もなく夏の昼間をほっつき歩いて、背中と額が汗だくとなっていた。光と汗に濡れた髪まで重い。そうなってくると前方に日陰を見つけると、つい寄ってしまう。

「腰越君」

声をかけられて立ち止まると、額の汗がびっくりするように流れた。

本屋の前に藤沢がいた。葬式でも見た制服姿で……あれ、今夏休みだよな。

「部活の帰りだから」

「ああ」

視線から察したようで、聞く前に説明してくれた。

入り口の陰にその黒い髪が紛れる。思えば久しぶりに、藤沢と話す。なに話せばいいんだ。学校も違うし。

「何部だっけ」

「剣道部」

「そうなんだ。で、買い物？」

「そうね。ちょっと人待ち。あなたは？」

「ああ……ちょっと、人捜し」

言葉をやや濁す。藤沢がやや不可解そうに小首を傾げたが、みだりに明かしていいものなのか。迷っていると察したのか、藤沢が短く話を切り上げる。

「大変ね」

聡《さと》いな、と思った。無愛想なのにそういうところは心得ているらしい。

「一人じゃきっと見つからないとは思うけど一応」

友達だからな。友達ってそういうものだと思うから。

それに、弟の立場ならそうしただろうという確信もあった。

藤沢はなにかを考えこむように俯《うつむ》き、唇に指先を添える。

「藤沢？」

「ああ、いいえ。気にしないで」

藤沢が首を振ると、本屋から人が出てきた。……七里だ。

「待ったわ」

「うる……あ」

七里が僕を見て驚《おどろ》く。それから藤沢に目をやって、動揺する。

「意外……な組み合わせ？」

いつも稲村と一緒にいる印象だったので。稲村はもう家に帰れたのか？

「仲よしとかじゃないから。友達じゃないし」

聞かれてもいないのに、七里が藤沢との仲を急いで否定してくる。

その七里は藤沢と違い私服だった。部活はやってないのかな？

「いや別に否定はしなくていいと思うけど」

友達けっこうではなかろうか。

「本当よね」

藤沢が澄《す》ました態度で同意すると、七里が噛みつくような顔でそちらを向いた。

「じゃ、行きましょうか」

軽く受け流した藤沢が、ごく自然に七里の手を取る。

「ちょっと、」

七里がこちらを慌てるように意識して、何度も目を配ってくる。

藤沢はまったく気にしないで、その手を引っ張っていった。

「見つかるといいわね、お友達」

「お、おお」

淡泊な激励《げきれい》に、曖昧に頷く。……友達なんて話したか？

七里は恥じるように抵抗していたけど、途中から大人しくなったようだった。

見送っていると急に振り向いて、見るなとばかりに顎で指示された。

二人は仲なんてよくなかったイメージだけど。意外なものを見てしまった。

「友達の浮気《うわき》現場にでも出会《でくわ》したような心境だ……」

稲村怒ったりしないの？　と大きなお世話と心配をしてしまう。

「……んー、まぁ」

色々あるんだろう。僕の知らないところで、色々。

その色々の中にはきっと、和田塚もいる。

だから色々と町を歩いてみるのだった。


そんな空振りが、一週間くらい続いた。

和田塚は家に戻った様子もない。町から消えた痕跡もなにもなく、正直、死んでいるのではないかとも思い始めていた。でも死んでいたら生き返ると思うし……謎だ。

表に出てこられない事情でもあるのだろうか、なんて考えてしまう。

僕は飽きもせず町中を歩き続けて、干物になるくらい日を浴びて、どっしりと日焼けした。健康的な肉体の輝きはともかく、和田塚捜しは足踏みのままだった。

他の連中はだれか、和田塚を捜しているんだろうか？

疑問を抱きつつ今日も町が黄昏《たそが》れで情緒を迎える頃、家の前へ戻ってきた。

その家の前にはなぜか、藤沢の姿があった。

「こんばんは」

赤光《しやっこう》を浴びた藤沢の髪には一筋の赤色が走り、かつての魔女を想起させる。

喉が渇ききっていて、声が嗄《か》れないよう気を遣う。

「よ、一週間ぶり」

「覚えてるわよそれくらい」

後ろを覗く。見慣れた僕の家しかない。人気《ひとけ》もなさそうだった。

「なに？」

「七里が僕の家から出てくるかと」

「なぜ」

流れの踏襲《とうしゅう》というか……半分は冗談だ。

「彼女となら別れたわ」

まるで別れ話でも済ませてきたような口ぶりだった。多分、こっちも冗談だろう。

「稲村さんが帰ってきてね」

藤沢が困惑気味に、優柔《ゆうじゅう》不断《ふだん》に頬を歪《ゆが》める。笑って、いるのだろうか。

稲村が帰ってきたということは……お役ご免、ってことなのかな？

「人捜しの成果は？」

藤沢がすぐに無表情に戻って尋ねてくる。

「その辺にはいないということが分かった」

「物は言いようね」

そういうの好きよ、と藤沢が肩をすくめる。急に好きよ、なんて言われると困る。態度に出ないよう努めて、家の壁に背をつけた。藤沢と、少し距離《きょり》を空けて。

……なんの用だろう？ と整った横顔を見る。その白さは、月光を彷彿《ほうふつ》とさせた。

「人捜しの進捗《しんちょく》具合を聞きに？」

「そっちは興味ないの」

ではなにを、と目で問う。見つめ返す藤沢が真っ直ぐ答えた。

「腰越君」

「い」

さっきから胸の痛みそうな発言ばかりで、振り回されそうだ。

僕に興味があるって、どうとっていいんだ。

「あなたは昔からわたしを見ていたけど、それはなぜ？」

「……ええっ」

また答えづらいことを、聞いてくれる。気づいていたのか。

確かに見てばかりだったと思うけど、思うけど、直接聞かないでほしい。

躊躇《ためら》うけど、やましい動機はない。多分ない。だから、吐露する。

さすがに藤沢を直視はできないけれど。

「……弟を亡くしてたからさ」

藤沢が目を丸くする。なんとなく、後ろ頭を掻いた。

「仲間意識みたいなのがあったんだと思う」

弟と妹。立場の似たものを失った存在。僕は理解者を求めていたんだろうか。

藤沢を気にする理由付けとか、酷いことではないと思いたい。

死んだ弟を利用するなんて、自分に泣ける。

「ああそういう……」

合点がいったというように藤沢が頷いた。そして、ゆるゆると首を振る。

「でも腰越君とわたしは、捉え方が違うと思う」

「そりゃあ一緒じゃないさ」

藤沢が黄昏を宿し、僕を見つめる。

「これは印象に過ぎないけど、あなたは弟の分まで生きなきゃ、とか思ってしまうでしょう？」

前置きの割に、慧眼《けいがん》だった。見透かされている。

「うん」

「わたしはその反対よ」

「反対？」

反対っていうと……ぇえと？　僕が弟の分まで生きる、の逆。

僕は弟の分まで死ぬ？　なんだ、そりゃあ。

「いなくなったのは和田塚君？」

即座に言い当てられて、思わず口を噤《つぐ》む。

「黙《だま》ったら答えになっているわよ」

「むぐ」

嘘でごまかすのは無理のようだった。まぁ、藤沢ならいいかと思う。

「そう。和田塚がいなくなった。広めないでくれよ」

藤沢は答えず、前を向く。その目の先にはお向かいさんの家しかない。

目に映るもの以外に、思いを馳《は》せているのだろうか。

「魔女と関係あるのかな」

「さあ」

藤沢が関心なさそうに目を逸らす。

「あったところで、魔女以外にはどうもできないわ」

知った風な調子で話すので、へぇと反応する。

「詳しいの？」

「言ってみただけ」

「だと思った」

藤沢はけっこう嘘を吐く。しかも、大して意味のないことで。

意味あることで嘘吐かれる方が困るか。

「駆けずり回ってみたけど、無駄だったよ」

「探し方を誤っているのよ」

断言した藤沢に沈黙する。どういうこと、と雰囲気に紛れて質問すると。

「和田塚君ってつっけんどんだし友達なんてほとんどいないでしょう？」

「多分な」

お前がそれを言うのかという点はさておき。

それなら、と藤沢が続ける。

「友達という立場から探せるのはあなただけよ。それはとても貴重だと思うわ」

だからそれを活《い》かせ、と言外に忠告しているように聞こえた。

友達としての探し方、か。考えてもみなかった発想だ。

藤沢がそんなことを思いつけるなんて。

「ふぅん、へぇ、ほぉ」

「なにそれ」

「意外と、情感ある言葉を使えるんだなって」

「失礼ね」

藤沢が気分を害したように眉間に皺を寄せた。

「あなた、わたしをただの朴念仁《ぼくねんじん》と思っているのね」

「だれもそこまでは言ってない」

ただ遠回りにそう言ったように受け取ったらしい。藤沢は反論する。

「無価値なものが多い、というだけ。価値あるものにはこだわるし、敬意も示す」

藤沢の敬意ってどんな形をしているのだろう。金平糖《コンペイトー》みたいに柔らかく尖っていそうだ。

「藤沢の価値あるものって、なに？」

「過去」

迷うことなくそう答えて、藤沢が壁を押して離れる。腰の後ろに手を組んだまま、前へ歩く。

「明日も忙しくなりそうだし、そろそろ帰るわ」

「ああ。部活？」

「そんなとこ」

じゃあね、と藤沢が軽く振り向いて一瞥をよこし、去っていった。伸びる影《かげ》の方が薄いくらい、藤沢の後ろ姿は色濃《いろこ》い。独りの藤沢はその手を余らせるように、やや大げさにぶら下げて歩くのだった。

過去に価値があるというなら、藤沢は明日にどんな気持ちを持っているのだろう。

機会があれば尋ねてみたい。

「……ははは」

やっぱり僕は、藤沢のことがなんだかんだと気になっているんだなぁ。

小学生の気持ちに浸る必要もなく、根っこに変わらないものを見つける。

そこから溢れるのは生暖かい、安堵《あんど》に似たものだった。


「友達としてか……」

家に入ってから部屋にも上がらず、廊下に座りこんで頭を捻《ひね》っていた。

僕は今、和田塚のことを考えている。

それは立派に、命を費やしている。

これは思案に限ったことではなく、歩く、食べる、眠る。どんなことにも平等に、命は減っていく。命がけじゃない行動なんて一つとしてないのだ。

友達のために命を張る。なんとも、小気味いいじゃないか。

その部分を意識すると、心のぼんやりとした部分が晴れていく。

視界は研ぎ澄まされて、表面が乾ききるほどにぎらぎらと機能する。

考える、なにを？　考えることをもう一つ、大きな視点から思索する。

僕と和田塚は、どんな友達だ？

昔馴染《むかしなじ》み、今はたまに飯を作りに来るぐらいの……そこで、はっとする。

そうだ、僕たちはそういうやつだった。

すぐに部屋へ上がり財布から抜きだした千円札を握りしめて台所へ走る。

テーブルの隅に、それを置いた。

僕が友達としてできることは、これくらいだろう。

そういう友達だからだ。

その繋がりの強度を確かめることもなく摑み、ぶら下がり、そのときを待つ。

ちぎれるか、たゆむか、しがみついていられるか。

お供え物よりもう一歩、現実寄りな期待を寄せて千円を置き去りにした。

翌朝、閉めたはずの部屋の戸が開いていた。それは朝から早速始まる猛暑を抑えて、なにかの始まっている予感を与えるのに十分すぎた。着替えもしないで部屋を出る。そして、台所で真夏に凍りつく。

湯気立つ朝食が、居間の机に並べられていた。

「…………」

声を失っている間に、心に大波が寄せていた。

脇でも殴られたように身体を折りながら、よたよた、台所を覗く。

台所の千円札は消失していた。

後ろによろめく。足が交差して転びそうになったのを、壁に手をついて支えた。待て待てと廊下に出て電話機を掴む。電話番号は調べないと分からない。脇のメモ帳を開いて、どこだどこだと焦《じ》れったく感じながらも探す。あった、とすぐに電話をかけた。程なくして、父の勤める会社に電話が繋がる。運よく、父が出た。

「あ、父《とう》さん」

『おぉ？　どうした』

めったにない息子《むすこ》からの電話に、父の声も緊張していた。

大丈夫、大事《おおごと》だけど大したことじゃない。

「机の上の千円、取っていかなかった？」

『千円？』

「そう。取っていった？」

『いやぁ、知らんぞ』

あは、と声が漏れる。

「ならいいんだ」

『お前親を疑ったな』

「いえ全然。ではお仕事がんばりんぐで」

テンション高くなって変なことを口走ってしまった。電話を切る。

すぐにまた受話器を取る。

次もまた番号を探して、母の会社に繋げた。

『はぁ？　朝食？』

「豪華な朝食をありがとう」

『シリアルで感動してくれるなんて母《かあ》さん嬉《うれ》しい』

「不要だぜそんなもの」

ご機嫌に電話を切る。振り向いて、じぃっと奥の壁まで睨む。

ここか？　ここにいるのか？

はは、ははは。

「は、はっは、はーはー、はー！」

けたたましく笑いながら居間に戻る。朝食は健在だった。

そこにいるのか、とテレビの前を指す。

「それともそこか、そこか、そこか」

次々に部屋の中を指差す。だれも反応しない。埃が少し舞っただけだ。

どんな事情があるかは知る由もない。

でも。

どっかりと、机の前に座りこむ。

少なくとも。

「ここに、いたんだな」

並べられた朝食を前に、言い知れぬ満足感が漲《みなぎ》る。

食べる前から心を満たすなんて、大した料理だった。

「見つかったの？」

躍動感《やくどうかん》から嬉しさでも感じ取ったのか、藤沢が尋ねてくる。

その日の夜のことだった。

僕は報告したいけど電話するのも抵抗があって夜をさまよい、そして藤沢と偶然と意図の半々で出会えた。藤沢は疲れているのか、溜息が多い。

しかしそこに気を遣えないくらい、僕は元気だった。

「いやぁ見つからないな。でも、きっとこの町にいるよ」

「そうなの」

「ああ。僕はあいつが生きていることがたまらなく嬉しいみたいだ」

生きていて、確かなる繋がりがある。

命っていうのは、そこにあると思えるだけで十分なものかもしれない。

だから、命の使い方なんてまだ決めなくてもいい。無理に悩まなくてもいい。

きっと、生きているだけで意味はある。

今はただ、この晴れやかな気分を大事にしていこうと思う。

「夜なのに晴れやか……ふふ」

渾身《こんしん》の三流ギャグにご満悦でいると、藤沢が珍しく、うっすらと口もとを緩ませた。

「やっぱり、あなた変わったわ」

「そうかな……うん、そうかも」

昔の僕がどんなやつだったか忘れてしまったけれど、藤沢はそれを肯定しているように感じる。だれかに認められる今の自分を、僕は誇らしく思う。

弟も、きっと受け入れてくれるだろう。

そして。

「あのさ、藤沢」

「なに？」

藤沢が振り向いたときだった。

線が曲がる。

ぐにゃりと、夜と電柱がうねった。

かく、かく、かくと折り畳まれるように自分が倒れていくのが分かる。

足の裏と膝に力が入らず、歩道の真ん中で倒れて動けなくなった。

「腰越君？」

藤沢に声をかけられるけど、こちらは満足に返事もできない。汗が噴き出る度、どんどんと肌が寒々しくなっていく。身体に纏うものを急速に流出しているようだった。

ふす、ふす、ふす、と息も途切れ途切れで、なにかにしがみつくようだった。

「もしかして……」

藤沢がなにを呟いても聞き取れない。乱れた吐息がなにもかも掻き消していた。

音が近い。自分の声が、近すぎる。

それに、まったく別の音もする。なにかが伸びている音が、頭の中で響《ひび》く。

ぎちぎちと、敷き詰めるように。

「こんなことだろうと思ったわ……どうやら、さようならみたいね。えぇと……まぁ、腰越君」

深々とした溜息のあとに。

あっさりと見切りをつけて薄情なことを言ってくれる。

その藤沢の見立てが正しければ原因は不明だが、僕はどうやら死ぬみたいだ。

死に瀕《ひん》しながら、心の底に醒《さ》めたものがあった。

でもまたすぐ会えるさ、と虚勢を張るように曖昧に笑う。

稲村のように、僕も生き返るはずだ。絶対ではなくとも、信ずるに足る。

そして起き上がったら、今の話の続きをしよう。

すぅっと、一足早い秋に包まれるように身体が震えた。

目もとに布でもかかったように視界が暗くなる。

胸が痛い。首筋が張り詰めたように苦しい。どんどん窮屈《きゅうくつ》になるこの息苦しさが、死か。棺桶っていうのは死という状況そのものなのかもしれない。

早く終わり、そして始まってほしい。

胸に宿る鼓動が……鼓動……が、聞こえない。

……あれ？

鼓動を最後に感じたのは、いつだったっけ。

暗闇《くらやみ》の端から。

無理よ、と小さい声が聞こえた。

……なにが？

「あなたが死ぬの、二回目だから」

死人

危ないよって、僕は言ったんだ。

あのとき、確かにそう言った。止めたんだ。そこで止まらなかったのは彼女の責任だし、結果を受けたのも彼女だ。むしろ僕は止めようとしたのだから、なんの非もない。むしろ感謝《かんしゃ》されてもいい。むしろ、むしろと重ねても決してその怒りは覆《くつがえ》られない。

あいつは無愛想だけど、感情の起伏は熾烈《しれつ》ですらある。癖《くせ》なのか、本当に怒って人を睨むとき、食いしばった歯を見せつけてくる。それは今にも噛みついてくるような、或いはなにかを堪《こら》えるように噛み合わせているような、激しいものを伴う。

葬式の際、その目に初めて直視された。僕にすべての責任があるように、あいつの目と剝いた口もとが悲嘆などそっちのけで刺々《とげとげ》しくなっていた。仲のよかった子の葬式にさめざめ泣くような心境の用意をしてきた僕は、その瞬間に目もとが乾ききる。

見開いた目は決して、潤《うるお》うことはなかった。

あれ以来、僕は我がことながら卑屈になったと思う。常に周囲を窺《うかが》うように生きて、首が引っ込んでいるのが自分でも分かる。だけどあいつはそれくらいの警戒に値するのだと思っていた。そして、それよりなにより、もう一つ。

僕の毎日は夢現《ゆめうつつ》どちらも酷いものになっていた。

今にも僕に復讐《ふくしゅう》するなんて言いだしそうなあいつが原因の一つ。

更に恐れることはもう一つ。

すべては、藤沢の妹が死んだことから狂いだしていた。

七里

「時々子供の頃を思い出すと、死にたくなるわ」

「じゃ、死んでみる？」

「まだ遠慮しとく」

稲村に一度目の死が訪れる、一週間くらい前の話だった。

私は部活の帰りに、稲村はただの暇つぶしの締めに、二人で皿を積んでいた。放課後は時々こうして、回るお寿司屋《すしや》に寄る。自転車をこぐのも面倒くさがる稲村を荷台に載せて運んで、帰り道の途中にあるお寿司屋で少し休憩《きゅうけい》するのはささやかな楽しみとなっていた。水流で回ってくるお寿司の皿は色とりどりで、眺めているだけでも涼やかだった。

「カッパ巻きうまい」

「よくそんなぽりぽり食べられるわ」

「カッパの才能があるのかもしれない」

安直な。指についた米粒を取りながら、稲村が首を傾げる。

「カッパってエラあるのかな」

「さあ。知り合いにいないから存じません」

横を向く。壁に飾られたカッパのイメージキャラクターに、エラは確認できない。

稲村は所謂《いわゆる》幼馴染みというやつで、幼稚園の頃から大体一緒だった。家も隣同士なのでその流れに疑問を挟んだことはない。

ただ同い歳で、家も近く、同じように学び遊びながら。

どうしてここまで色々なことに差がつくのか、と昔から思うことはあった。

私が稲村に勝っているものは、身長くらいだ。

「この回ってるお皿がいいんだよね……」

稲村がカウンターに突っ伏すようにしながら、間近で回るレーンを見つめる。

軒下の風鈴でも愛《め》でるような優《やさ》しい目つきだった。

「見た目には涼しいと思う」

「勝手にくるくる動いて、楽そう」

「あ、そ」

昔はその才能を保ってのびのび生きていたのに、いつの間にこんな昼行灯《ひるあんどん》になったのか。そんなに飽きたのか、この世界に。

頬杖をつきながら呆れていると、稲村が元から細い目を一層、狭める。

「人間もそうだよね。どこかに流されている」

なにもしなくても、と小声で添えて。

「いつかぼくも食べられるんだなぁ」

「干からびたあんたなんかだれも食べてくれないわよ」

今回っているマグロだって、だれも手をつけないまま一体何周しているのか。

私たちだって、見送ってしまう。

潰れたまま、稲村の目がきろりと私を見る。

「七里も？」

「お勘定」

「あぁん」

割り勘で支払ってからお寿司屋を出る。後ろにくっつきながら稲村が主張する。

「意外と脂のってますよぼく」

「さっぱり系が好きなの」

荷台に稲村を乗せて自転車のペダルを踏む。さして重くない手応え、足応え？　に言うほど脂のってないなと感じた。

夕暮れは昼よりも優しげな顔つきで、町を斜陽に満たす。緩やかに吹く風は、遠くから大挙する夏を牽引《けんいん》するように微かな熱を帯びる。またやってくるのだ、夏が。

「今日もなんにも起きないで終わっていくなぁ」

あぁっははは、と稲村が後ろで大笑いする。ムカッとした。

「そりゃあ、あんたなんにもしないもの」

なにもしなくても、なにかは起きるかもしれない。

でも自分から動いている方が、その確率は上がる。

「がんばりなさいよ。あんた、やればできるんだから」

それだけは身近で見てきたから保証できる。

なんだってできるやつなのだ、稲村は。

稲村は返事の代わりに、私の背中に顔をくっつけてくる。弱い息づかいが背中の極一部を暖めて、ぞわぞわきた。運転中なので振り向くこともできない。

「そうだといいねぇ」

背中越しの小さな呟きの意味を、私はまだ知らなかった。

緩い坂を上り、神社へ観光客の流れる大通りの端から抜けて、静謐《せいひつ》な住宅街に出る。電柱と枯れた大木の目立つ角の空き地を越えて、稲村の家の前で自転車を止めた。

「どっこいしょ」

稲村を荷物のように振り落とす。「うぇーい」と稲村が鞄《かばん》と一緒に下りた。小学校の高学年あたりから、稲村との背丈には随分と差がついていた。私が順当に成長していく一方で、稲村はほとんど伸びていない。おかっぱ風の髪型と相まって、顔にも幼さが残る。

「もっと優しくしろよぅ」

眠たげに下がる目が冗談半分で批難《ひなん》してくる。

「そのうちね、そのうち」

適当に流して私も家に帰ろうとする。と。

「ねー七里」

「なに？」

呼ばれて振り向いたときには、避けられない位置に稲村がいた。

唇が重なる。

歯も当たる。

すぐに離れて、背伸びしていた足もとが引っ込んだ。

口を開いたまますぐに言葉が出ないでいると、稲村がにへへへと笑っている。

「あんたね」

「懐《なつ》かしかった？」

「前歯打ったじゃない」

稲村の額を軽く叩く。それから、目を逸らして首を掻いた。

「……昔は嫌いって言ったばかりでしょ」

昔は無邪気にしたものだけど、今は気恥ずかしい。

「ぼくは昔しか好きじゃないけどな」

「なんで？」

「大人になればきっと分かるさ」

はははまぁ精進しろよと軽薄に肩を叩いてきた。

「なんだこのウザいの」

「じゃーなしちりん」

「なにその初耳あだ名」

手を軽く振って別れ、自分の家へと入っていった。

見送って、下唇に指を添える。

「……する場所くらい選びなさいよ」

人目ってものがあるのだ。大体、昔は額とかだった気がする。

……まぁ、いいか。

小さな背中がいつものように飛び跳ねることに、見慣れていても少し笑う。

……そんな風にいつも通り過ごしていて。

当たり前を積み重ねた先で、稲村は死んだ。

なんでこんな緩いやつが、飛び降り自殺なんてしたのか。

人の心というのは友達が相手でも分からない。

それならば友達というのは、どんな価値がある関係なのだろう。


稲村がテレビに出ているのを見かけて、少し経《た》ってからチャンネルを変える。今までは毎日見ていた顔を、わざわざテレビ越しに観賞する必要もなかった。

「凄いわねぇ、××ちゃん」

向かいの席でパンをかじっていた母親がしみじみと呟く。母も稲村の葬式には参列していて、面食らった一人だ。口の端にパン粉をつけたまま、母親が曖昧に笑う。

「凄いっていうか……どう言えばいいのか」

「変なやつなのよ、単に」

それも筋金入りに。今は稲村のことをぺらぺらと喋る気になれなかった。

朝食を取り終えて、出かける準備をする。下駄箱の上の時計《とけい》を見ると、朝練の時間はとうに過ぎていた。部長としての責任に若干の気まずさがあったけれど、あんなことがあってから、とても集中して竹刀《しない》を振っていられない。靴を履《は》き、家を出た。

本当は学校も休みたかった。

外に出てすぐ、稲村の家の前に立つ。稲村どころか、両親も不在かもしれない。今頃は病院で検査か、それとも。また倒れて今度こそ起き上がらない、なんてことになっていないといいけれど。少しの間、家の門を見上げてから離れた。

初夏の朝に、道ばたの草花が輝きを増す。見事な晴れ間で、けれど心情のせいか視界はやや曇《くも》る。私たちの町はいわゆる古都とでも表現すべき場所、佇まいだった。少し家の下を掘れば、千年前の地層がそのまま残っているなんてこともある。

家を建てようとして地下を調査したら鎧《よろい》や日本刀《にほんとう》が丸々出てきたなんて話も聞いた。そんな町だからか、私の家にも日本刀やら鎧やら飾られている。

そちらは単に家人の趣味かもしれない。

歩きながら、死んだはずの稲村がどうやって生き返ったのかと考える。

いくら才能に満ち溢れたやつでも、人間の常識を越えるほどではない。じゃあ間違いとか冗談だったなんてことも、もちろんない。あるわけないと地面を強く踏む。

稲村の死が軽率になるような思考は、私に不愉快しかもたらさない。

やっぱりあの魔女だろうか。あれ以外、私たちが異質なるものに出会したことはない。魔女に与えられた実で生き長らえた……にわかに信じがたいけど、そんなところなのかもしれない。つまり私も、一回死んでも大丈夫……ってことだろうか。

胸もとを見下ろす。セーラー服のスカーフがやや右に寄っている。直して、息を吐く。

生き返れるとしても、試す気にもならない。

稲村は、野外学習のことなんて覚えていただろうか。

覚えていたとして、あんな怪しい魔女の発言を信じていただろうか。

生き返って、本人としては満足しているのか。

尽きない疑問が重なっていく。

「……私は」

生き返って嬉しいかというと、判断がつかない。

嬉しくないはずがないんだけど、感情の整理がついていなかった。稲村が死んだ、と聞かされてからずっと心は間延びして、感情が跳ね回ろうにも上下の行き来だけで掻き消えてしまう。死んでからすぐに生き返ったらよかったのに、二日も空くからだ。

その間、私がどうやって過ごしていたかまるで覚えていない。

もし飛び起きていなかったら、そういう時間がいつまで延びていたかと想像するとゾッとしない。

稲村が死ぬというのは私にとって、左手を切り離されたような感覚なのだと思う。

そういうのが、ずっと続いている。

酷く、すっきりとしなかった。

翌日の放課後、珍しく声をかけてくる女子がいた。藤沢だ。

視界に入ると、黒色が一気に増す。その黒い髪が羨《うらや》ましくも、憎らしい。

「部活は？」

こいつは人が生き返っても平然としている。神経の通い方に問題ありそうだった。

「今日は休む」

正確には、今日も。

「ふぅん」

副部長へ端的に告げると、やや挑発するような反応が返ってきた。

単に私が、藤沢のやることに一々棘《とげ》を感じているだけかもしれないけど。

「みんなと先生に伝えといて」

「無理ね。わたしも休むつもりだから」

持った鞄を掲げて、藤沢が肩をすくめる。あ、そ、と短く応える。

……で、なんで話しかけてきたのか。

なにを企《たくら》んでいる。疑問に思っていると、藤沢が意外なことを言った。

「一緒に帰らない？」

「…………………………はぁ？」

即座に嫌だって拒否しないだけ、大人になったのかもしれない。

藤沢のことは、誤解を恐れないで言うなら嫌いだ。

家こそ離れているけれど小学校から通う先が同じで、顔を合わせる機会は多かった。

その頃から今と変わらず、鉄面皮……いや意味が違うか。仏頂面だった。口数も少なくてなにを考えているか分かりづらい。だからか、こいつが友達といるところを見た記憶はない。

いつも独りだった。

藤沢が笑うところを見たのは一度か二度しかない。しかも最悪の状況でのご対面で、それ以来、なにを考えているか分からないそいつの性格は非常に悪いことだけ知った。

それだけならただの根暗な嫌なやつなのだけど、私にとってはそれだけじゃない。

勝てない。

なにを競《きそ》っても絶対に勝てないのだ。

藤沢は頂点に立っているわけではない。稲村の方がずっと高い場所にいる。

けれどなぜか、必ず私の上にはいた。

天敵というやつなのかもしれない。

その敵と、なぜか並んで歩いている。

「……おかしい」

一体ここまでのどこで下校の誘いを受け入れたのか。

ちなみにこれまで一度として仲よく同伴なんてしたことない。

居心地は酷く悪かった。なんで自転車下りて、足を使っているのかも分からない。

誘った割に、藤沢の方からも一切喋りかけてくる様子がない。話しかけられてもその度に困りそうなので、無言の方がまだ楽なのだけど。なんで一緒に帰っているんだ。

夏の始まりをはしゃぐように日は高く、夕方はなかなか訪れようとしない。空気は生温く、歩いていると透明な分厚いカーテンに何度もぶつかるようだった。

「蝉が鳴いてるわ」

藤沢がビルの向こう側を見るようにしながら呟く。そうだろうか、と耳を澄ませても車の走行音や観光客の声で賑《にぎ》わい、聞き取れない。こんなことでも負けるのか、と半ば呆れる。

「夏って、苦手なのよね」

「そう……」

部活中にも話したことないから、どう話せばいいのか摑めていない。

困惑していると、藤沢が私の方を向いた。

「稲村さんがいないと寂しい？」

「は？……別に」

いないもなにもあいつは、と言いかけて淀《よど》む。一回、死んだわけだし。

めちゃくちゃな状況だけど、死んだなんて口にはしたくなかった。

「大体、いないって一日だけでしょ」

正確には死んでから三日か四日経っているけど。死体の稲村は、側にいた。

静かに眠るあいつを見下ろしていたときの頭の空白は、まだ埋まっていない。

「わたしはそういう相手と、一日でも離れるのは嫌だけど」

「……へぇ？」

顔こそ澄ましているけど意外な答えだった。気になるけれど、詳しく聞くほどの間柄でもなくて。

つい、声が尖る。

「そういう相手って、なにさ」

「キスをするような相手」

足音より前に意識が飛びだして、ぐちゃっと踏み潰すような心境だった。

喉と首が曲がる。あべこべに、斜めの線が重なるように。

「な、は？　は、え？」

ここまで混乱していては藤沢も満足するだろうと自虐する程度には狼狽《ろうばい》していた。

藤沢は笑いもせず、淡々と話し続ける。

「野外学習のときにしていたじゃない」

見てたのか、と叫びそうになる。

お風呂上がり、宿泊施設の外で、せがまれたから、と一つずつ明確に思い返しては頰と耳を熱くしていく。このこの、と振り上げるわけにもいかない拳《こぶし》が控えめに、振り子のように空を切る。指先は痺《しび》れるように軽く震えていた。

なんでよりによって、こんなやつに知られてしまうのか。

「いいじゃない。仲よくて」

「ちが、違う、っていうか。子供だったし、仲いい、っていうか」

先週にもしたことを思い出して余計に焦る。

「だから仲がいいんでしょう？」

「いや、ええと……そう、みたいな」

言葉が紡げない。俯《うつむ》きがちになり、かっかと焦って動く爪先が見える。

藤沢は、いつも私たちをどう見ていたのか。

考えると頭が熱くなったり肌が寒くなったりする。

「七里さん」

「……なによ……」

そんな呼び方だったかな、と気になった。そもそも、呼ばれたことがなかったかも。

藤沢が一歩近寄る。また一歩、一歩、なに？　と過剰に近寄られて訝《いぶか》しんでいると。

その一足は剣道の際に見せるような、大きく、素早い踏み込みで。

迫ってきたと思った直後には、藤沢と私の唇が重なっていた。

口が塞がれたことは関係なく、呼吸と鼓動が止まった。

藤沢の頭の向こう、遠くを見る。

路上だ。

下校時間だ。

だれに見られているかも分からない。

飛《と》び退《の》いた。それから、驚愕《きょうがく》する。

「はああああぁ？」

瞳《ひとみ》が？の字を象っているのが自分でも分かった。

「はぁぁぁぁぁぁ？」

藤沢はいつも通り、照れる様子さえない。耳にかかった髪を掻き上げる。

「この、ちょっと、この、その、変態！」

「随分な言い方ね。それなら稲村さんも変態なの？」

「それは！　そう、かもだけど！」

くくく、と藤沢がもの凄く珍しく、肩を揺らして笑いだす。

「なにがおかしいか！」

「いえ。突然なのは失礼だったなぁと」

「そうだよ！」

「じゃあ今度は気が向いたら許可を得るわ」

「そう……え？」

「また明日」

ごきげんようとでも挨拶していきそうな、清楚《せいそ》な佇まいで藤沢が去っていく。待てこのやろと肩を掴みに行くか走って前に回りこむかこの場で怒るかと悩み抜き。

地団駄《じだんだ》を、踏んだ。

「なん、なん、なん」

なんなんだ、あいつは。

生き返る幼馴染みと、いきなりキスしてくる怨敵《おんてき》。

もうわけが分からず、もどかしく、肉体に囚われた魂は悲鳴をあげるのだった。

家に帰ってから、まず頭痛を抑えるために薬を飲んだ。

頭がぼけっとしたところで部屋に上がり、倒れる。ベッドを待たないで絨毯《じゅうたん》の上に転がった。人体模型が崩れ落ちたようにばらばらと転げて潰れる。

「なにあいつなにあいつなにあいつ」

頭はろくに働かないのに目だけがぎらぎらとして落ち着かない。足が止まったら余計に鼓動が激しくなったようで、もうそれしか耳に聞こえてこない。

藤沢は、なにを考えているんだ。あんな、いきなり。しかもよりによって私に。

野外学習のときもそうだった。前振りなく、魔女に口づけした。

あいつ、そういう癖……趣味……いやあれは人命救助で、じゃあこれは、と思わず唇に触れてしまう。藤沢の唇の感触は、さっぱり記憶にない。頭が真っ白だった。

やっぱり稲村とは柔らかさなり厚みなり違うんだろうか。

「……どうでもいいから、そんなの」

比較する意味がまったくない。

「………………………………」

稲村もそうだけど。キスしてくるってことは、まず相手が嫌いではないわけで。

つまり。

「なんだよあいつ、私が好きなのかよ……」

そんなわけないだろう、と昔を思い出す。あの蔑《さげす》んだ目、忘れるものか。

大体、好きってなに。あいつ女、私女。

あり得ない可能性としてそうだとしても、私の方はあんなやつ大嫌いだ。嫌いなやつにいきなり唇を押しつけられたから、もう嫌悪感が酷い。多分。きっと。

「……嫌だぁ、あああ、あ、あぁぁ……嫌だ」

子供のように暴《あば》れて拒否してみようとするも、勢いがまったく出ない。

鼻を殴られたように、気性が大人しくなっていた。

なんでだ、と激しい疑問が風雨のように吹き荒れる。

藤沢って、私にとってなんなのか。

敵だと思っているはずなのに、湧くものが見当違いで。ちぐはぐで、混乱する。

稲村のことも束《つか》の間《ま》忘れるように、藤沢のことばかり考えてしまう。

死人のことよりも生きている人間の行動に心が掻き乱される。

やっぱり生き生きとしているってことだろうか。

「……なにそれ」

下手《へた》な冗談に恥じて、床に額を押しつける。

頭の奥が熱を帯びた。

朝、学校に行くのをしんどく感じる。色々な意味で。

また藤沢に話しかけられたらどうしよう。いきなり唇が迫ってきたら、どうしよう。

夏よりも頭の中の方が熱い。発熱と言い張ったら通りそうな気もする。

額に手を置くと、ぽかぽかしていた。

暑気に似つかわしくない温度で、放っておいたら茹で上がるのではと心配になった。

それもこれも藤沢が悪い。みぃんな、悪い。

ていうかなんでみんな私にキスするんだ。私はそんなに隙だらけなのか。

藤沢の踏み込みにまったく反応できなかったのも口惜《くや》しい。

「……そういえば」

稲村が死んだ日もあんな風に藤沢に負けたっけ。

最初は構えて、相手に打ち込ませるという練習だった。小手を晒してみたり胴を狙いやすいよう腕を上げたり……そういうのを一分ほど続けるやつ。で、藤沢に好き勝手打たせていたらなんだか腹が立って、いつの間にかこっちも打ち込んでしまっていた。

そして、一本も入れることができないで負けた。

格好悪いなんてものじゃない。

練習後も沸き立つ恥が落ち着くまで竹刀を振り続けて、その間に稲村が死んでいた。

もしもあんなことがなくて早めに道場を出ていたら、稲村は死ななくて済んだのだろうか。でもそれはその日死ぬのが、次の日に延びただけかもしれない。

人の身で、一日寿命を延ばすだけでも大したものかもしれないけれど。

それはお医者様でも案外、難しいことだった。

家に留まることは、或いはできた。でもそれは藤沢から逃げることに等しい。なんで私があんなやつを気にして引っ込んでいなければいけないのか。その反逆が、私を奮《ふる》い立《た》たせる。ついでに言えばもう少しで夏休みが始まるので、そうなったら顔を合わせる機会も減るわけだし、流れでどうにかなるだろうという楽観に基づいていた。

こんなことまで負けてたまるかと、勇ましく登校する。

「おはよう」

下駄箱で奇襲に遭い、目を白黒させる。

藤沢が髪を梳《す》くようにしながら、私を出迎えた。

自然と唇に集まってしまいそうな視線を何度も散らしながら、平静を装おうとする。

「まさか、待ってたの？」

「ええそう」

「なんでっ」

「それはもちろん」

藤沢が右足を前に突きだす。この踏み込みは、と大げさに仰《の》け反《ぞ》る。

後ろの下駄箱に後頭部をぶつけて、目に星が舞った。

「あった——……」

早朝に似つかわしくない、破壊的《はかいてき》な音が頭を揺らす。くらくらと下駄箱が回る。

「ちゃんと考えて逃げないとだめでしょう？」

まるで目上のような言い回しが気に食わない。

「なるほど……からかうために、待っていただけたわけね」

本当に性格の悪い女だ。そこまで悪いのに直そうとしないなんて信じられない。

頭を押さえながら睨み上げる。

その反応に満足するように、藤沢が笑った。

子供みたいに大きな口を開けて、明快に。

いつも重いものを抱えるように渋い顔が、一時放たれたように。

「…………………………」

文句を失ってしまう。

「先に行くわね」

怖いもの、と冗談めかして藤沢が先を行く。

私は奪われてもいない下唇に触れながら、感じたことをそのまま呟いた。

「あいつ、あんな笑い方もするんだ……」

知らない藤沢を見せつけられて、なんでか、立ちすくむ。

すぐに追いかけて文句も言ってやれなかった。


藤沢に初めて負けたのは小学一年生のとき、ドッジボールでの対決だった。同じクラス内で男女混合のドッジボールを休み時間に行っていた。そのとき、藤沢にボールをぶつけられたのだ。しかも、額を中心とした顔上部。つまるところ鼻が潰れない程度に顔面。最初はただ悔しいだけだった。団体競技《きょうぎ》の中でのことなので殊更《ことさら》相手を意識するわけでもなく、まぁそのときはそれで済んだ。

明確に藤沢の存在が際立ったのは、海でのチャンバラごっこのときだった。

子供会で地元の海に遊びに出かけた私たちは、スポーツチャンバラで使うようなソフト剣を貸し与えられた。小太刀《こだち》に長刀とあったけれど、私は長い方が格好いいと長剣を選んだ。そして藤沢は小太刀を選んだ。特にルールなどもなく、好きに遊んでいいとなったので他の子たちとわいわい、剣を振り回して楽しんでいた。

そうしてなんの気なく藤沢とも剣を交える機会がやってきた。

対峙《たいじ》したとき、あ、と思った。ドッジボールでぶつけてきたやつだ、と思い出した。そのときの借りを返してやる、と本気で剣を振るう。藤沢は小回りの利く小太刀でなんなく私の剣を捌《さば》き、足に、面にと的確に一撃《いちげき》を加えてくる。

私は、混乱した。

動きは大したことないのに、なんでと。

どうやって、藤沢の剣がすり抜けてくるのか理解できなかった。

今もそうなのだけど、私の方が早いのだ。それなのに藤沢の剣だけが当たる。

藤沢の腕は他の連中に負ける程度で、無敵の剣というわけでもないのに。無敵というなら稲村の方がずっと似合っていた。稲村にはみんな、剣を当てることさえ難しいくらいだった。まぁ稲村には元から勝てないと分かっているから、悔しくすらない。

何度も、何度も挑んだ。藤沢は途中から面倒くさそうに目を細めつつ、それでも無言で私を倒し続けた。疲労から動きが単調になり、ますます簡単《かんたん》にあしらわれて、最後は砂に足を取られて倒れたところを、思いっきり、頭を払われた。

本物の刀だったら一体、何回死んでいるのか。

倒れこむ私を見下ろす藤沢の、釣り上がった口もと。蔑みに満ちた瞳。

心底、侮蔑《ぶべつ》する態度。

脳の奥にまで刻まれるほどの屈辱と怒りがそこで出来上がった。

以来、私は藤沢という人間を打ち倒して、見下すことが人生の目標となる。

私の視線の先には常に藤沢がいた。

野外学習での班長をとられたときも、中学で負けたときも。

高校で負けたときも。

負けの記憶だけが人生だった。


レジの操作《そうさ》に慣れてきたからこそ、気を引《ひ》き締《し》めないといけなかった。

家よりずっと涼しいからって、緩んではいけないと己を律する。

あとは、藤沢許さないとこの場にいもしないやつへの闘争心《とうそうしん》を滾《たぎ》らせる。

夏休みの間だけ、スーパーでレジを叩くことになっていた。

そういう経験《けいけん》も大事だろうという、漠然とした動機だった。私の価値観、判断基準は自分で言うのもなんだけど中間に属する。大多数の意見に流されるし、良識と呼ばれるものに則《のっと》ろうとする。それを極力徹底《てってい》しているからか、人に嫌われることもある。

頑《かたく》ななのは、藤沢に対する敵意だけだった。

母の口利きで紹介してもらえたスーパーでのバイトは、店内を移動していると独特の感慨がある。稲村と一緒にお菓子を買いに来たスーパーに、今では店員さんとなっている。歳とったなぁ、なんて思ってしまう。その稲村は未《いま》だ帰ってこない。夏休みが潰れるのにいいのかばか、ってテレビであいつを観《み》たときは毒づいている。で、すぐ消す。

稲村が死んだことをネタにテレビで盛り上がっても、別に面白いものじゃない。

まぁあいつが満足なら、いいんだけど。

さすがにスーパーなので、同級生と顔を合わせることはなかった。小学生ならともかく、高校生が親と一緒に買い物に来ることはまずない。レジ越しに会ったのは腰越くらいだった。家の都合でか自炊《じすい》をするらしく、少し感心する。

腰越は随分と話しやすくなっていた。私の知る限りではこんな穏やかな人柄ではなかったけれど、腰越もまた背が伸びて、心も応じるように成長したのだろう。

昔を引きずっていつまでも藤沢にこだわり続ける私も、少しは大人になった方がいいのかもしれない。

なんて殊勝なことは、まったく思わなかった。

一番会いたくないやつも、当たり前のように私の前にやってきたし。

「あんた、私を付け回してるの？」

買い物籠にイカの刺身だけ入れた藤沢が、私の嫌そうな声に嬉しそうにしている。

「似合うわね、三角巾」

「付け回すのやめて」

「そろそろ部活にも参加した方がいいんじゃない？」

こいつは人の話を聞く耳とか持たないのか。それと、制服姿であることに気づく。

「部活は今日ないでしょ？」

「面倒なのよ、私服なんて」

藤沢が吐き捨てるように言う。だから制服でいいのだ、とばかりに。

「……変なやつ」

ただ、制服が似合っているのは確かだった。その色艶のある黒髪には、夏服、冬服どちらも格好ついている。

「客にそんな態度でいいの？」

「うるさいな」

イカの刺身のパックをレジに通す。こんなの一個ってどうするんだ、おやつか。

さっさと終わらせて帰ってもらおうとちゃっちゃか処理を済ませる。値段を告げると、藤沢は別の方向を見つめていた。視線の先を追ってみてもなにもない。奥に魚介類のコーナーがあるだけだ。

「妹と来たな、って思っただけ」

視線の正体を藤沢が明かす。妹なんて、

「いたの？」

「いたの」

最初はからかっているのかと思った。でも、その淡泊な過去形に察するものがあった。普段は乾ききった声の藤沢のそれが、少しだけ湿っているように感じられた。

「そうなんだ」

「ええ」

余計な挑発も揶揄《やゆ》もなく、ただ素直に藤沢が認める。

嘘や偽りを交えない相手。

藤沢にとって、妹は大事な存在なのだろう。……そんなのがいたんだ、藤沢にも。

人間味が負の方向に固まっているだけのやつかと思っていた。

でもそれは、藤沢に敵対している故の、偏見なのかもしれない。

「あ、ごめんなさい」

藤沢がレシートを取り落とす。私の側に落ちたのでやむなく、屈んで拾う。

「気をつけなさいよ」

レシートを拾ってから顔を上げると、掠《かす》め取《と》るように一瞬、藤沢が口を奪ってきた。

交差するような鮮やかな手際、口際? に、羞恥《しゅうち》よりも先に呆気にとられる。

また、藤沢と。

「次も隙があったら狙うから」

爽やかに予告してのけた藤沢に、なにを言えばいいのかと舌と目がぐるぐる回る。

遅れて、こんな場所で、と顔が火だるまになったように熱い。

「だから、なんで、」

一々、キスなんてしてくるんだ。そんな気軽にしていいことじゃ、ないだろ。

言いたいことはいつも、一歩遅れる。

私の剣が藤沢に届かないように。

もどかしく、悔しく、歯がゆい。

藤沢は一体、私をなんだと思っているのか。聞いたら、余計に深みにはまりそうで。

でもこのままでいいはずもなくて。

いつまでも勝てない、憎い相手。

凝《こ》り固《かた》まっていたその印象に、たくさんの刺激が変化を与えてくるのだった。

それからその日は、レジ打ちを何度か誤った。

藤沢は疫病神《やくびょうがみ》かもしれない。


「本屋でも行かない？」

女子更衣室の、端のロッカーで着替えていた私に藤沢が誘いをかけてくる。

午前中で部活が終わったあとのことだった。解放感とは無縁な蒸し暑さの残る部室で、一足先に着替えを済ませた藤沢は、明らかに私が気分を害するのを承知で行動してくるのだった。

着替えの速さでも負けたけど、そこまで競う気はない。

　胴着を脱ぎながら、わざと大きく溜息を吐いてやる。

「あんたさ、私に嫌がらせしたいだけなんでしょ？」

「は？」

　なにそれー、とばかりに藤沢がとぼける。

「私の嫌がることを徹底しているもの。そこまでできるなんて尊敬するわ」

　胴着を畳み終えて鞄にしまう。夏は定期的に洗わないと汗が固まって塩になってしまう。梅雨時《つゆどき》のカビとどっちがマシかとか、そういう問題じゃない。どっちも嫌だ。

「じゃあ、あなたの好きなことってなに？」

「あんたをぶちのめすことよ」

　言いきり、突きつける。藤沢は微風《そよかぜ》にも感じていないようで表情を崩さない。

「それじゃあストレスが溜まって仕方ないわね。同情する」

　家に飾ってある日本刀がこの場にあれば、斬《き》りかかったかもしれない。

　頭の神経がぷちぷちちぎれるのが自分でも分かる。

　そんな私の怒りに応じた形相《ぎょうそう》なんて丸々なかったことにして藤沢が笑う。

　嫌み溢れる、いつもの皮肉めいた笑みだ。

「さあ行きましょう」

有無を言わさず、ごく自然に私の手を取ってくる。

さあとかその勢いのよさはなんだ。私はブレーキかけているのに。

せっかく怒り猛《たけ》りそうだったのに、一気に萎える。

「に、握らないでよ」

「どうして？」

恥ずかしいからだよばか。言おうとして、はっとする。違う違う。

「嫌いだからだよばか」

「知ってるわよそんなの」

知っててやるなよばか、と語彙《ごい》がとにかく貧弱になる。

手を繋いだまま、見世物《みせもの》みたいに学校の中を歩く。夏休みで校内に人が少ないのが幸いだった。自転車置き場まで来たところで藤沢が手を離す。と、思ったら私の手のひらをまじまじと観察してくる。たとえ手のひらでもそんなに視線を貰うと不快だった。

「なによ」

「竹刀ダコがあるのね」

指の付け根と、手のひらの右下を突っついてくる。

「藤沢さんは知らないかもしれませんけどねぇ。私、ちゃんとやってるのよ」

少なくとも藤沢よりは努力している。それよりも、親しげに触らないでほしい。

仇敵《きゅうてき》とは、争い合う間柄であるべきだ。仲よくしようなんて振る舞われても、困る。

戦わない藤沢にはどう接していいのか考えたこともなかった。

仲よくなる？……冗談じゃない。

「じゃあね」

手を振りほどき、さっさと帰ろうとする。藤沢が「あらら？」とわざとらしい疑問を浮かべる。

「本屋は？」

「一人で行って。私は本屋に用事ないから」

「そうなの。じゃあ先に本屋に行っているから」

「じゃあってなに。じゃあってなんだ」

藤沢は、性格は悪いけど頭は悪くない。そう思っていたけど最近、耳が悪すぎないかこの女。私の言い分を一体どれほど軽い扱いしているのか。……じゃあ、やっぱり性格の方が悪いんじゃないか。

「私が待っているという用事を作ったわ」

「……失礼。意味が、ちょっと」

上手いこと言った、みたいに私を見るな藤沢。

「あっちの方の大きい本屋ね、分かるでしょう？」

「分からない」

どういう考えでそうなるのか分からない。

「待ってる」

藤沢が有無を言わさず、指し示した方向へと歩いていった。……自転車通学じゃないのか、あいつ。今まで知らなかった、どうでもいいことを知る。

残された私は、蟬の鳴き声の広がりを左右に聞きながら困惑する。

「待ってるって……勝手なこと、言わないでよ」

なんで藤沢の身勝手な都合なんかに振り回されないといけないんだ。追いかけるでもなく、自宅へと自転車を走らせる。夏休みに、藤沢と会ってどうする。いや休みじゃなくたって、外で会う理由なんかない。

『待ってる』

「うるさい」

反響《はんきよう》する幻聴《げんちよう》に黙れと命じた。ペダルを強く踏みこんで加速する。

家に帰り、胴着を洗濯物の籠に放りこんでから部屋の扇風機のスイッチを押す。

回る羽根の前に座っていると、その音に紛れて幻聴が忍び寄る。

『待ってる』

頭を振っても、目を瞑っても、逃げられない。

「……もうっ」

立ち上がり、着替えて、家の廊下を走る。

汗も完全に引っ込まないまま日の下へと引きずり戻される。

藤沢が自転車に乗っていないことを考慮するように、歩いていく。

進む度、頭が重くなる。

私は、なにやってるんだ?

日差しを少し浴びただけで混乱が茹だり、くらくらした。

本屋は大きめの菓子屋の隣にある。小さい頃は、菓子屋の方が好きだった。

藤沢は図鑑のコーナーにいた。植物図鑑を手にしていた藤沢が、私の姿を認めて目を丸くする。意外だったのか。じゃあやっぱり来なければよかった。

後悔が山のように積まれる中、藤沢が笑う。

「待ったわ」

「……うるさい」

また、負けた。この敗北感はなんだろう。心が酷く惨めになるような気さえした。

「これ、似ていると思わない？」

藤沢が図鑑の右端を指す。ハマナスと紹介されるその赤い実には既視感がある。私たちが食べた実に色合いが似ていた。形はまた、ちょっと違うけれど。

「そうね……」

返事をしつつ図鑑を覗きこんで、藤沢の髪が私の肩にかかる。

「あ……」

近い、と意識した瞬間ぞくりと来て手のひらを突きだす。勢い強く、危うく藤沢の鼻に当たるところだった。惜しい、とも思った。藤沢に、当たりそうだったのだ。

藤沢は唐突な私の行動に固まる。そして早とちりのように突きだされた手の意味を理解してか、苦笑した。

「わたし誤解されてるみたい」

「してない。あんたは犯罪者」

許可も得ないで人にキスしてくるのは、立派な性犯罪だ。

言いきると、藤沢はすぐに否定せず目を泳がせる。

「否定はしないけど」

「物分かりのいい犯罪者だこと」

自覚しているならもう少し慎《つつ》ましく生きろ、と苦言を呈そうとする。

でもその意識の移り変わりに、藤沢は潜《もぐ》りこむ。

手のひらを、さっと避けて。

早いわけでもないのに、ごく自然に意識の盲点を突かれる。

「私の剣をすり抜ける、いつもの藤沢の踏み込みだった。

触れ合った瞬間、藤沢の唇だ、と頭より早く理解する。

その質感を覚えさせられていた。

唇を少し離した藤沢が、行動の動機を好き勝手に語る。

「期待していたみたいだから」

「ば、ばっか、」

叫ぼうとしたら更にもう一度、口を塞がれる。なんで、こんな簡単に距離を詰められているのか。そっちの方が気になるくらい、防げない。

「店内では静かにするものよ」

顔を離した藤沢がしれっと注意してくる。それならせめて、手で塞げばいいのに。叫ぶことを封じられて、喉と顔が震えているのが分かる。

そんな私がさも面白いように、藤沢の口もとが緩んだ。

「落ち着くまで待ってるわ」

そう言い残して、図鑑を棚に戻した藤沢が入り口へ独り向かう。だれのせいで落ち着けていないと、と怒りさえ覚えた。藤沢が外で待っているというだけで、落ち着くわけがない。

「なんなんだよあいつ……」

嫌じゃないのか。抵抗とかないのか。

「………………」

なんで。

嫌じゃないんだ。抵抗ないんだ。

耳の熱が引くのに、長い時間を使った気がする。

火照《ほて》りを目の下に残したまま本屋を出る。藤沢が、いつものように嘲笑《あざわら》う。

「待ったわ」

「うる……あ」

悪態を返そうとして、藤沢以外が目に入る。腰越だった。

汗をテカテカさせながら、私と藤沢を見比べる。

「意外……な組み合わせ？」

訝しむような問いかけに、慌てて否定する。

「仲よしとかじゃないから。友達じゃないし」

違う、まったく違う。焦って、キスとかするような仲じゃないしと口走りそうになった。嘘を吐くのは向いていない性格なのだ、愚直だから。

「いや別に否定はしなくていいと思うけど」

はははは、と腰越が取り繕《とつくろ》うように笑う。

「本当よね」

澄まし顔で便乗する藤沢に、噛みついてやろうかと歯を見せつける。

「じゃ、行きましょうか」

藤沢はなにも見えていないように、あっさりと私の手を取った。

そのまま腰越の前を通過して、引っ張られる。

「ちょっと、」

誤解だ、と手を横に振るけど腰越はなにを勘違いしたのか手を振り返してきた。

違うそうじゃない。

そっちは諦めて藤沢を睨む。すったかすったか、暢気に歩いて。

「腰越がいたのに、」

「なにか問題が？」

「知り合いの前で、」

「人の前で手を握るのはいけないことなの？」

「人前じゃなくても、嫌だって、言った」

「ああ言った言った」

藤沢の声はでこぼこ道を歩くように上下する。

「そういえば最近、弁当泥棒《どろぼう》が出没するらしいわ」

「はぁ？」

なんの話だいきなり、と困惑を重ねる。恐らく、通りかかったところにお弁当屋の看板が見えたから思い出したのだろう。

「なんでもお弁当が魔法みたいに浮いたり消えたりするらしいのよ」

「……魔法……」

幽霊や、宇宙人より一歩、近く感じる概念。

「着いた着いた」

そうして藤沢が私を案内した先にあるのは、カフェだった。

話の振り方と一切、なにひとつ。

「か、関係ない」

そのまま、私を連れ込んでいく。古都を訪れる観光客に合わせるように、モダンというより地味目の色合いで店内は纏められている。照明はやや暗く、ソファはブラウン。その暖かみのある色は、具体的じゃない過去をほわほわ浮かび上がらせる。

私の負けてばかりのこれまでは、そんなに明るいものではないけれど。

店の端には、ゲームとテーブルが一緒になった席がある。

座ってゲームに興じている女性の背中を、どこかで見た気がした。

「そんなに熱くなったら喉が渇くかなと思って」

向き合って座る藤沢が、カフェに連れてきた理由を説明してくれるのでぶん殴りたくなった。藤沢は好きにすればとばかりに、爽やかに微笑んでいる。

離れた手がにぎ、にぎと指を動かしていた。

二人揃ってコーヒーを注文してから、向き合ったところでなんだこれ、ってなる。

嫌いなやつの唇にばかり目が行きそうなことを含めて、なにこれだ。

「あ、そうそう。稲村さんは元気？」

藤沢が稲村の名前を出してきて、なんでか少し後ろめたい気持ちになる。

「知らないわよ。テレビに出てるんだから、まぁ元気なんじゃない」

急に倒れる様子もないし、生き返りは順調みたいだ。なにそれ怖い。

「ふぅん」

藤沢が、思わせぶりに反応する。

「なにか言いたいわけ？」

私は言いたいことがお前にいっぱいある。

「なんだか素っ気ないようだけど、稲村さんが嫌いなの？」

「……バカ言わないでよ」

嫌いなはずがない。

「………………………………」

「でも、だけど？」

心中を読み取るように、私の沈黙を解読してくる。

確かに、そのあとにはでもって思った。

的確に見抜いた藤沢が魔女に思える。その藤沢にこそ、話せるのかもしれない。限りなく他人だから。

心中にずっと埋もれていた、重たいものを吐きだす。

「稲村は、死んだのよ。私の中でなにかがそこで終わっている」

幼馴染みの葬式の喪失感は未だ拭えない。それは消えていいものではないと思う。

失うのが嫌だから、辛いから、私たちはどんなことにも一生懸命《いっしょうけんめい》になれる。

そういうものを全部否定して、死んだ人間との続きがあるなんて、私には、受け入れられない。

こんなにも嫌いな藤沢以上にだ。

「あんたも私も、命が余分にあるのよね」

稲村みたいに。

「そうね」

藤沢が目を逸らすように店の入り口側の席を見る。

「返したいわ、こんなもの」

「どうして？」

「正しくないから」

人は、命を二つも三つも持つべきじゃない。大事にしなくなるからだ。

そして、あらゆる決断が鈍る。感覚が衰える。

振り絞って生きようと、しなくなる。

藤沢は私の言い分に、うっすらと口端を曲げる。

「七里さんって、ほんとまじめ」

「頭の固いバカとでも思ってるんでしょう？」

藤沢が笑顔を散らして、無表情に評する。

「確かに固いわね。被害妄想でがちがち」

こつんこつん、と頭を軽く叩く仕草をしてくる。

「わたしはあなたをバカにしたことないんだけど」

「してるわ。目がしてる」

ふぅ、と藤沢が息を吐く。聞き分けのない子供を相手にするような態度に、ムッとする。

「あなたがわたしを嫌いなのはよく知っているわ」

「分かってなさそうなんだけど」

今ここでこうしている時点で。

「嫌いになるほどわたしのことばかり見ているのよね」

「……は？」

反応が遅れたのは呆れたわけでも、怒ったからでもない。

心当たりがあるから、ごまかすのに時間が必要だった。

「なにそのポジティブシンキング」

フレキシブル藤沢が改めるように、テーブルの上で私の手を握る。

せっかく落ち着いた耳の血が、ぞわぞわと騒ぐのを感じた。

「私はより嫌われるために、あなたの理解を求めているの」

藤沢が席を立ち、テーブルを回りこんで私の側に屈む。

距離がぐっと近くなり、これは、来るって身構えてしまう。

どうする、殴り倒すか。

でも絶対避けられる、と経験が私を臆病《おくびょう》にした。

「ここ、店の中」

「周りは周り」

うちはうち他所は他所、みたいに言いつけられても困る。

「いつもみたいに、わたしを見ていればいいから」

指を絡めてくる。がっしりと摑まれて逃げ場を失い、身を引くこともできないでまた、藤沢と唇を重ねる。身を捩《よじ》って避けようとしたら、かえって身体が前に出てしまった。お互いの前歯が軽くぶつかる。そしてきろきろと動く藤沢の目が目前にあった。目玉までくっつきそうなくらいの距離にあって、でも閉じられなくて。

藤沢の言葉という呪いにかかったみたいだった。

本屋のときみたいに、さっと離れなくて。

こんな距離で、無防備で、今なら勝てる気がした。

ああでもだめだ、手が塞がっている。

ぜんぜん無防備じゃなかった。

逃げられず、長々と唇がひっつく。

頭の向こうにある照明のせいか、目の中が次第にぼうっと霞《かす》む。

藤沢の目も細く、儚くなって私を捉え続ける。

……なにやっているんだろう。

この夏、幾度となく繰り返す問いの答えは未だ見つからない。

稲村ともこんなに長い時間、顔をひっつけていたことはないと思う。

それからようやく離れて、藤沢が満足そうに席に戻り。

ぼーっとしていると、いつの間にかテーブルにはコーヒーが二つ載っていた。

さぁっと血の気が引く。

手で覆って顔を伏せる。

「死にたい」

町中で噂《うわさ》になって同級生に知られたら私は破滅だ。

「これで何回目だったかしら」

「知らないよ……」

犯した罪の数なんて、自分で数えていろ。

覆いを剝ぎ、この際だからと藤沢にはっきりさせることを求める。

「藤沢は、私のこと、だから、その、なんなの？」

言葉を濁しながら問いかける。なんなのか分からないからなんなのとしか言いようも聞きようもない。なんなんだお前なんなん、なんなんだらけで、頭なんなんだった。

藤沢は焦らすようにコーヒーに口をつけてから、「苦い」とぼやいた。

「あなたといると、妹のことを思い出すの」

「……いもうと？」

なぜか聞いた途端《とたん》、気分にノイズが走る。

「似てるとか言いださないでしょうね」

嫌だよそんなの。

「まったくもって似てないわ。ただ、仲よくしていると思い出すだけ」

砂糖《さとう》でもかじるように、藤沢の目もとが緩んだ。

「なにそれ……」

藤沢は私を通して、妹との美しい記憶でも見ているのだろうか。

……なんか、気に入らない。

それならだれでもいいんじゃないか。私じゃなくたって。

胸の中が凄くムカムカした。

「帰る」

席を立つ。利用されてたまるか、と意地が硬化する。

「怒らないでよ」

「怒ってない」

振り向く。

「あ、ごめん嘘吐いた。あんたにはいつも怒ってる」

それだけ言い捨てて、逃げた。

カフェを早足に出て、左右を見る。どちらへ行こう。家はどっちだ、と道をなぞっているると藤沢もすぐに追ってきた。制服の端を翻《ひるがえ》すように、素早く並んでくる。

並走するように、大股《おおまた》で進む。

「上手いことやるじゃない」

「なにがっ」

「コーヒー代をわたしに払わせるなんて」

ケチ野郎と批難が飛んでくる。

失態に気づいて、でもありがとうともごめんとも言える雰囲気ではなく。

財布から千円札を抜きだし、藤沢に突きつける。

「払う」

「いいわよ別に」

受け取ろうとしない藤沢に押しつけようとすると、千円ごと私の手を握ってくる。しまった、と思った。捕まってしまう。早く振り解《ほど》こうと手を振るも、解けない。

「お金だけ取りなさいよ」

「なんでわたしが七里さんの言うことを聞かないといけないの？」

「やっぱりそれが本音かっ」

受け取れ嫌だと手を握りしめて押し合いへし合いする。路上で意地の張り合いなんて、バカみたいだと思いつつも負けたくなくて、一歩も引かない。

藤沢もなんだかんだと楽しんでいて、なぁにこれ、と釣られて笑いそうになる。

でもここはやっぱり町中で。

だれが歩いていても、不思議じゃなかった。

「なんで、七里が」

別の場所から名前を呼ばれた。それも、慣れ親しんだ声で。

藤沢と揃えて腕を止めて、振り返る。

「稲村」

稲村が、泣きそうに顔を歪めて私たちを見ていた。

繋がっている指先を意識する。稲村の涙は、そこに集約されている気がした。

いつの間に帰ってきていたのか。今か。よりによって、このときか。

藤沢は、冷淡な目つきで稲村を見据えている。

そして。

稲村は子供のかんしゃくみたいに、それを爆発《ばくはつ》させる。

「そいつは、ぼくを突き落として殺したやつなのに！」

稲村の放った爆弾が、私の時を止める。

そいつというのは、当然、藤沢で。

握ったままの藤沢の指先はひんやりと、季節にそぐわぬ冷たさだった。

「なんの話？」

藤沢が目を丸くする。通りかかる人と同様に、びっくり、って反応で。

その完璧《かんぺき》なすっとぼけで、悟る。

背中の冷や汗と共に。

「本当なのね」

手を振り解く。一歩、また一歩と引いて稲村の側に移動した。

稲村を庇《かば》うように前に立ちながら、藤沢と向き合う。

「おやおや」

取り繕う気もないらしく、声はからっからに乾いて情感もない。

「分かるのよ、あんたのことは」

嘘ばかり吐いている。だから、全部逆が正解なのだ。

「理解してくれて嬉しいわ」

「心にもないこと言ってないで、その」

どうしよう。どうすればいいのか。

本当に藤沢が稲村を殺していたとしても、稲村はお墓の下なんかにいない。

これじゃあ。

「だれもわたしを裁けない。さぁ、あなたならどうする？」

私の心の呟きと対話するように、藤沢が問う。

外は晴れているのに、大きな影が顔に射《さ》すようだった。

でも。稲村を殺したのが本当なら、認めるわけにはいかない。

「だったら私が、あんたを殺す」

藤沢が歯を剝きだしにするように、熾烈な表情を露《あら》わにする。

笑っている、のだろうか。

「命をかけて決着をつけたい」

余りものの命は、本当に命をかけるために用いる。

私たちにはそれが許される。

こんな贅沢《ぜいたく》はなかった。

「命をって、時代劇《じだいげき》の果たし合いじゃないんだから」

「そう、果たし合いがしたいの」

藤沢が渋く、眉間に皺を寄せる。意外と乗り気ではないのか。

当然かもしれない。

だけど私はきっと、ずっと、それを待っていた。

「いいじゃない。どっちも、死んでも生き返るんだもの」

そんな条件でもなければ、とても人は殺せない。

いやたとえそうであっても、人なんて殺せる自信はなかった。

でも相手が、藤沢なら。

人生のすべてを費やしても惜しくない『敵』なら。

「死人がうろうろするのは間違っているんじゃなかったの？　死んだあと、あなたどうするつもり？」

そこまで心の内を話していただろうか。疑問に思うような、藤沢の問い。

気に入らないのは、私が殺されること前提での質問ということ。

「私は、死ぬ気なんかないもの」

もしも、万が一。藤沢に殺されて生き返ってしまうようなら、私はすべてを失おう。

この世界で生きるための絶対のルールに則り、本当にすべてを。

「……失敗ね」

藤沢が何事かを呟く。はぁー、と腰に手を当てて気落ちするように肩を落とした。

いきなり戦意がなさそうで、今から始めれば勝てそうな気さえする。

「あなたがそれで納得するなら、まぁ、いいか」

軽く了承して、最後に諦念《ていねん》を浮かべるように虚《うつ》ろに笑う。

「じゃあ、また明日」

まるでデートの約束でも交わしたように、淡々と受けた藤沢が去っていく。

それを握りこぶしと共に見送ろうとして、感触から気づく。

藤沢の受け取らなかった千円札が、私の手に残っていた。

「……………………」

財布にしまう気になれなくて、右手に載せたまま振り向く。

涙で顔がぐしゃぐしゃの稲村は、なにかを拒否するように首を左右に振った。

いつも気楽でいる稲村の弱々しい態度は、一抹《いちまつ》の寂寥《せきりよう》を心に届ける。

生きている。

葬式までした幼馴染みは今、私の前に立っている。

……だけど。

「とにもかくにも、久しぶり」

そう言う他なかった。

泣《な》き喚《わめ》く稲村の手を握りながら、ぼうっと、上を向く。

自分のすべてをかけて、藤沢を倒す。

そんな相手がいることを、少しだけ、誇らしく思う。


その夜はあまり眠れなくて、明かすのに時間がかかった。

藤沢も、こんな気持ちで夜明けを迎えているんだろうか。

そうして朝、鳴り止まない耳鳴りと一緒に家を出ると、待ち構えている小柄な人影があった。いるかな、と本当に少しだけ思っていて、出会えて、ちょっと嬉しい。

「ねぼすけなのに、早いじゃない」

私の軽口には付き合わず、稲村が距離を詰めてくる。

そして、訴える。

「ねぇ、もっとぼくを見て」

まるで子供がねだるようだった。私の服の袖を摑み、引っ張って。

「テレビ見てた？　ぼくを、見てた？」

不安定な稲村の言動に、こちらまで不安を呼びこまれそうになる。

「どうしたのよ」

「昔みたいに、ぼくを見上げてよ」

臆面もなく、飾らず。稲村が、欲を剝《む》きだしにする。

「……ああ」

そこに目眩《めまい》のような真実を見てしまう。

そんなこと考えていたんだ、稲村。

本当の稲村の願望なのかは分からないけれど。

でもそんな胸の内をあっさりと、素直に晒す稲村なんて私は知らない。

目の前にいるのはやっぱり、稲村の亡霊《ぼうれい》なのだ。

思い出がちょっとばかり具体的になっている……そうとしか、思えない。

稲村は確かに、私と二人きりだとよく甘えていた。でも心の弱さをこうも剝きだしにしてすがるような稲村は、以前と異なっている存在なのだと事実を突きつけてくる。

やっぱり人は死ねば、なにかを失う。

本人も、周りも。

「無理。だって、私の方が大きくなったから」

稲村の手を振り解いて、頭を軽く撫でてから別れる。

大事な人の亡霊と話をできて、嬉しくもある。

心が擦《こす》れて欠けていくのも分かる。

わんわんと、泣き声が聞こえたけれど振り向かなかった。


駅前、待ち合わせた姿を見つける。人混みでもすぐに分かる。

休日の制服姿で、かえって目立った。……まぁそれに、美人だし。

藤沢は私を見つけると、溜息を吐き、面倒くさそうに髪を梳く。

「今日はよろしくね」

「……そうね」

藤沢はまったく乗り気ではないようだった。

そんな藤沢の手を私から握る。藤沢もこの先制には驚いたようだった。

「これで、右手は塞がれた」

藤沢の状況把握に、微笑む。こっちの生《い》け贄《にえ》は左手だ、これで少し有利になったかな。仲よくお手々を繋いだまま、歩きだす。指を絡めて、決して逃さない。

藤沢は一見すると手ぶらだけど、そんなはずはなかった。

カッターか、ハサミか。携帯してくるならそのあたりだろう。

「どこへ連れていってくれるの？」

「つまらないところ」

いい思い出の少ない場所だ。だから、今からいいのを作りに行く。

駅前から右手へ入り、下り坂をどんどん進んでいく。大挙する観光客と真逆の道を行っていた。とはいえ、こちらの道も人は多い。晴天だし、みんなあの緑色の海面に釣られていくだろう。そう、私たちの歩く先には海があった。

大通りから離れて、二十分ほど歩いた。

ずっと手を繋いでいた。人前で、心臓が波打つ。

握った手から藤沢の鼓動も届くように錯覚した。

まだ、どっちも生きていた。

「どうして稲村を殺したの？」

まさか私とこうあるために、なんてそんな自惚《うぬぼ》れや自意識過剰はない。

「ちょっとした事情があったの」

藤沢は表情を変えない。悪びれもしない。

「ちょっとね……」

そんな小さなもので人が殺せるなんて、藤沢は怪物だろうか。

今まで怪物に挑んでいたのか、私は。

その怪物と今、繋がっている。嫌悪も怒りもまだ遠く、不思議な感慨だった。

舗装《ほそう》された道から、砂へと足もとが移る。私たちがやってきたのは、観光客が訪れる海岸からは大分離れた浜だった。岩が多く、遊泳禁止の区域なので子供の頃から近づくのも禁止されている。

やんちゃな子供はもちろん、言いつけなんて聞かないでこのあたりでも遊んでいた。

私はそれを注意する側だった。

それがずっと正しいと思っていた。

「二人きりの海なんて、風情があるわね」

「そう言うと思った」

本当は、そんなこと考えてもいなかった。

藤沢は靴を脱ぎ、靴下と合わせて波の届かない位置に放り捨てる。

私も倣《なら》うか迷い、結局履いたままにした。砂浜、熱いかと思って。

その藤沢の足が音を立てて砂を踏み、動いたことに過敏に反応する。

今来るのか、と身構えそうになる。身を寄せてきて、そして。

藤沢が、いつものようにキスしてきた。

「…………………………」

指先まで痺れながら、黙るほかない。

唇を重ねて、藤沢はそのまま離れていく。

それだけだった。……いや、それだけで済まないんだけど。

今、殺せたはずなのに。余裕か、って胸をむかむかさせている余裕がこっちにない。

下唇がじんじんする。毒でも塗られたように。

少し落ち着いていた心臓が、引き返すように不安定に飛び跳ねていた。

雌雄を決する前に、穏やかじゃない。

「だからなんで、そうなの」

「質問が具体的じゃないから、答えようがないわ」

分かっているくせにとぼけてくる。更に人の心を乱すつもりだ。

それならやり返してやる、と牙を剝いた。

「あんた、わ、私のこと、なんていうの……す、好きな、わけ？」

ガタガタだった。この動揺につけ込まれていたらすぐにでも終わっていたと思う。

藤沢は顔色一つ変えないで、海を見つめていた。

「べつに」

三文字だった。ゆっくり数えても、何度確認しても、たった三文字。

まぁ『すき』なんて二文字だし？　それよりは長いし？

「あ、そ」

「ええ」

よかった。好きなんて言われても、私はこいつのこと大嫌いだし。でも。

「好きでもないやつに、好き放題にキスとかしてたんだ」

「ええ」

背中と頭皮に汗が噴きでた。

「殺す」

握った手に殺意という力がこもる。急に握りしめられたせいで、藤沢が「痛い」と顔をしかめる。思わずごめんと謝りそうになった。馬鹿か私は。

これからもっと、痛い目に遭わせてやるのに。

「この海で、昔あんたに負けた」

遠くまで海を一望しながら、始まりを意識する。

「そうだった？」

とぼけているわけではなく、藤沢は本当に忘れているようだった。

その微細な違いを読み取れる自分に、変なのと笑ってから、腹が立った。

私の人生の指針を、そんな軽く扱われていることに。

集中しろ、思い出せ。

藤沢がどれくらい、嫌いなのかを。

与えられた屈辱を。

消えない痛み、人生の始まり。思い出せ。

鞄からそれとなくハサミを取りだして握りしめる。

二人で海と向き合いながら、手を握り合う。

藤沢の手が、初めて湿り気を帯びていた。

波が来る。白波が崩れて、中途半端な勢いで浜を濡らす。

それが私たちの足首を包むのと同時に動いた。

ハサミごと胴をぶつけるように身体を捻り、藤沢に踏み込む。

間違いなく、私の方が先に動いていた。

肉を貫く手応えが指から手首へと鋭く走り抜ける。

その刺激に手の皮がべろりと剝けてしまいそうだった。

「…………………………あ」

あぺ、と悲鳴とも言えない短い声を漏らす。

喉から下りようとした空気の、逆流する音だった。

こんな近距離で、利き腕も封じて、一直線に刺しに行って。

それでなんで、藤沢の小刀の方が私に突き刺さっているのか。

藤沢の得物は正確に、私の胸もとを刺し貫いていた。

私のハサミはというと、捻りが足りなくて、その前に刺されたからなのだけど、宙のあらぬ方向に突きだされていた。あの手応えは一体なんだったのか。刺された感触を誤解していただけだったのか。なんて情けない現実逃避だろう。

それにしても藤沢は本当に、躊躇なんてものがない。

人を殺した経験の差かな、と思いながら力を失う。藤沢は抱き留めるとかそんなロマンチックなことはしないで、倒れる私を見下ろしながら額を拭った。汗の量は、私より多そうだった。

その目と口に浮かぶものに、嘲笑は、見えてこない。

汗を拭き終えてからゆっくり、藤沢が屈む。ハサミを手から奪い、放り投げてから私を抱き上げた。藤沢は、無表情だ。ついでに言うと、無傷でもある。
まぁ……こうなるかなぁとはうっすら、思っていけれど。
五回も六回も、あっさり唇を奪われるくらい近づかれてきたのだ。
それと同じことが起きるだけだって、分かってはいた。いたけど、ただ。
見下ろす藤沢の、新たに浮かんだ汗が顔にふりかかった。
「ば、っちぃ」
「追加をご所望？」
いるかい、と舌を出す。それから、それから、それから。
めいっぱい、力なく悔しがる。
悔しいよ。悔しい。なんで、勝てないんだろ。
そう訴えたかったけど、ほとんど声が出ない。
命そのものを晒しても、手が届かない。一歩、なにかが決定的に欠けている。
藤沢はそうした抜けについて、見解を示す。
「あなたがチョキで、わたしがグーなのよ」
藤沢が握りこぶしを見せつける。表したのは、この世のルール。
私はどんな条件下でも、藤沢には勝てない生き物。

それは理屈じゃなく、元から決まったルールだ。
ドッジボールでぶつけられたらアウトとか、そういうレベルだ。
そういう風に、ルールがある。覆《くつがえ》すことは決してできない。
……多分、生まれたときからそんなところがあって。
挑戦する方が無謀《むぼう》で、むだで。
考えていくとどんどん、涙が溢れた。
……まぁ、どうせ死ぬからそれは拭わないとして。
言いたいことは分かったけど、その例え。
「私が、ハサミ持って、いたから……冗談？」
「ええ」
生《き》まじめに頷く藤沢は、口にした冗談以上に面白い。
滑稽《こっけい》で、隙だらけで。
ははは、と空気の足りない笑いをこぼす。
冗談は、私でも勝てそう。
声は出なかったけれど、伝わったらしい。
「……どいつもこいつも」

苦いものを感じたように、藤沢の目と唇が真一文字になった。
そんな藤沢の腕にすがる。
これじゃあ稲村だ、と笑いそうになる。でも唇が震えてあまり動かない。
呼吸ができているのかも曖昧で、必死に空気を喉から押しだそうとする。
その動きに合わせて、胸から下へとどろどろ抜け落ちていくものを感じた。
「生き返ったら……また、あんたを追いかけてやる」
心にもない言葉が出る。
私が死に望むものは、確かなる終わり。だれしもに訪れる当たり前だ。
才能溢れるやつにも、天敵にも負け通しでも。
それくらいは、望んでもいいと思う。
「……忘れてくれてもいいのよ」
心を見透かされているようで、こんな切羽詰《せっぱつ》まっていてもムッとした。
他にもなにか、伝えたいことがありそうなのに。
血がどんどん抜けきって、思考が沈む。想いは形にならない。
多分、これが最後なのに。
「それでまたすぐ……」

殺されてやる。

「殺してやる……」

死人がほっつき歩くなんて、間違っているから。


次に目を開いたとき、真っ先に見えたものは雲だった。

紅がかった淡い空を、同じく色づいた雲が流れている。くも、と呟いてぼうっと見ていると、近くで砂を踏む音がした。起き上がると、塩の匂いがわっと鼻に来る。

「海だ」

私は、海にいた。いつ来たんだろう？　どこからやってきたんだろう？

髪の間に挟まっていた砂がこぼれ落ちていく感触に、背中がぞわぞわした。

疑問に応じるように振り返ると、女子が砂浜に影を作っていた。

距離はそこそこ近く、私に用事があるのだと思わせる。

黒髪が風に煽られる度に舞い上がって、綺麗だった。

その女子が、私を馴《な》れ馴《な》れしい笑顔で歓迎する。

歯を見せつけるような、飛び抜けて快活な笑み。

知らない笑顔だった。

「永遠にぼくを追いかけておいで、しちりん」

死人死人死人

兄弟とか姉妹っていうのは性格が似るのが普通なのか、それとも正反対とかになってしまうのか。兄弟のいない僕にはどちらが自然なのか最後まで分からなかった。

藤沢の妹は穏やかな性分だった。つまり姉とは正反対だ。自己主張は控えて、たおやかに笑っていることが多い。引っ込みがちな僕とも波長が合うようだった。

歳は一つ下だったけれど家は近く、よく話をした。遊び回るよりも、家の中で大人しくお話している方がお互いに性に合ったようだった。藤沢の妹は高い声でけたたましいようなことはなく、まるで大人みたいに落ち着いたゆっくりとした喋り方だった。それは幼い耳にも聞き取りやすく、心地のよさに繋がっていた。

そうして僕らが話していると、藤沢は妹を残していつの間にか離れていった。興味《きょうみ》なさそうに、別の部屋で本を読んで時間を潰していた。漫画や絵本ではなく、図鑑を広げていることが多かったように思う。それが本当に関心なかったのか、いじけていたのかははっきりと分からない。僕としてはいじけていると思っていた。

そんなものじゃ、なかったのだけど。

藤沢の妹は、そういう姉の姿になにか言うでもなく、ただ微笑んで見つめていた。

藤沢の妹。姉と同じように長い髪を、左側に結んで纏めていた。手持ちぶさたになると、その表面を楽器のように撫でていた。僕は彼女のそうした仕草が好きだった。

藤沢の妹からは、よく夢の話を聞かされた。

「いろんな夢を見るの」

「いろいろ？」

「いろんな人になる夢」

前にも同じようなことを聞いた気がしたけど、余計なことは言わなかった。

「どんなの？」

「おさむらいさん」

「なるの？」

「に斬られる夢」

「ぇえ……」

にこにこ語る内容ではなかった。

「ずばーっと。でね、倒れて苦しいなーってとこで起きたの」

「それは……よかったね」

「うん」

窮する僕にも遠慮なく頷くのだった。変な子だなぁ、と釣られるように笑ってしまう。こういう浮き立つような気持ちにさせてくれるのは、この子だけだった。家族と話すときとは違い、落ち着くわけじゃない。でも、不安はなかった。

「なんできられたの？　わるいことした？」

「んー」

軽い気持ちで聞いたら、俯いて思ったより真剣に考えこむ。

「分かんないけど、追っかけられていたの。お山の方だった。逃げたんだけどね、途中で低い木に顔をぶつけちゃったの。痛がってたら、追いつかれちゃった」

「はー……」

もう一度コメントに困る。夢にしては平凡というか、起伏がないというか。

いや、お侍が出てきたり斬られたりと刺激的なんだけど夢がない。楽しくない夢なんて、なんで見るんだろう。

「生きててよかったー」

藤沢の妹が心底、安堵したように息を吐く。
新鮮《しんせん》な空気を取り入れることを、全身で喜ぶように。
……まぁ、ちょっと変わった子だった。
死ぬときまで、ちょっとだと思っていた。

和田塚

混雑した昼間よりも、深夜の方が歩道を歩きやすい。町には人が多すぎると常々感じていて、そういう自分だから一人で生きていきたいと思うようになった。

人間が嫌いなわけじゃないが、人の中にいるのは窮屈で。

極力、関わらないで生きていけたらと願《ねが》う。やや漠然とはしているけれど、やりたいことというか、この段階で目標があるというのは生きやすい。そのためにどうすればいいのか。まず、独りで大概の物事を片付けられることだと考えた。

完璧にこなせなくてもいい。とにかく、人に頼らないこと。頼ることに抵抗があるわけじゃなく、人に関わり合いが増えていくと、独りで生きていくのは難しくなる。

他所に安心を作ってしまうからだ。

そういうのを減らしていく必要があった。

その先にあるものが孤独と呼ばれるものでも構わない。

構わなかった。

「…………………………」

ほんの少し前の、たくさんの当たり前を思い返しながら窓に手をつく。

見慣れた家の前、鳥の止まらない電線、動くもののない彼方《かなた》。

大気と雲の形だけが夏を象る。

景色だけ整えられた夏休み。

蟬が鳴かないと、耳が痛くなるほど静かで。

自分の息づかいさえ、時折忘れそうになる。

「うーむ」

まさかこんな風に、独りぼっちになるとは思いもしなかった。

引っ越す前、そう、少年とさえ呼ばれるにも早い子供の頃。

あのときはまだ俺にも友達がいた。腰越という友人だ。

こちらは貸家住まいで向こうは一軒家。家の高さに差があって、なぜかそんなことが気になっていた。向こうは別に気にしてなかったみたいだが。

とにかく、うるさいやつだった。乱暴だし、騒ぐし、細かいことが苦手で。弟もいたが、そっちは大人しかった。すぐに暴力を振るう兄のことは苦手なのか、あまり近寄ろうともしなかった。お陰で印象は薄い。出会ってからすぐに死んでしまったし。

まぁお世辞にもいいやつとは言いがたいけど、それでも意外と馬が合ったようで友達としては上手くいっていた。ただあのままずっと仲よくしていられたかは正直怪しい。俺だって段々と、色んなことを考えるようになっていくのだ。その人付き合いがどういう意味を持つのか、とか。人と人の中で生きる上で嫌でも意識してしまう。

その腰越とも、小学校に通うようになったあたりで貸家から引っ越して、家が少し離れてからはあまり遊ばなくなった。互いに、周りに人が増えたし。

しかしなんの因果か野外学習で班が同じになって、奇妙な体験を共有して。なんやかんやとそこから友達付き合いが続いていた。途切れたようで、薄く人の縁は残るものだった。

街灯なんてものの少ない道を、星を見上げながら歩いていた。腰越の家からの帰りだ。星座の知識なんて社会見学に行ったときのそれくらいだけど、朧気《おぼろげ》に見えてくるものはある。無数の星は人のように散らばりながら、しかし心に情緒をもたらす。

人も少しくらい光れば、こんな風に心落ち着くものになれるんだろうか。

その光の下を、歩いてくるやつがいる。

藤沢だった。向こうもこちらに気づいたようで、車道を挟んで俺を見据える。

いつもと変わらない表情に見えるけど若干、目が困っている気がした。

だれかは分かっていても、名前なんだっけとか思っていそうだ。

「和田塚だよ」

「知ってるけど」

抑揚のない喋り方がどことなく嘘くさい。

「こんな時間になにしてんだ」

「考え事。そっちは？」

「俺は、ちょっと腰越の飯を作っていた」

「ご飯？　腰越君の？」

藤沢が首を傾げる。言わない方がよかったかな、と頭を掻く。説明が面倒だ。

「あいつほら親が遅いから……それよりさ、一つ聞きたいことがあるんだが」

ごまかしついでに、ふと尋ねてみたくなる。話す機会もほとんどないわけで。

「江ノ島のこと、覚えてる？」

藤沢がゆっくりと、道の後ろを向いた。

「向こうにあるわ」

海のある方角を指差す。江ノ島繋がりか、とちょっと理解に時間がかかった。

だって藤沢がいきなり冗談に走るとか思わなかったしなにより、つまらなかったし。

「お前、冗談の才能はさっぱりだな」

はっきり言ってやると、ふんと藤沢が鼻を鳴らした。

意外と気にしているのかも。

「覚えているけど、どうかしたの？」

冗談を引っ込めて、藤沢が尋ね返してくる。

「いやなんとなく思い出してね」

「そうなの」

澄ました顔で、一切の淀みがない。

これで隠しごとでもあるとしたら、大したものだ。

「気にしないでくれ」

「してないわ」

本当にしていそうもなかった。俺のことなど、頭の片隅にも留めないだろう。

できればそうであってほしかった。

挨拶もろくにせずすれ違い、別れる。少し歩いて、感想を吐露した。

「怪しいよなぁあいつほんと」

挙動不審《きょどうふしん》なやつより堂々としすぎて、かえって胡散臭《うさんくさ》い。

今も、昔も。

追及してみたいが、あいつを追い詰めようとすれば逆に噛み殺されそうだ。

迂闊《うかつ》に聞いてしまったし、しばらくは顔を合わせたくない。

夏休みの間は別の道を通ろうと決める。

思えば、それがいけなかった。


我が町、というほど馴染み深い町ではないけれど、歴史がある町なのは身をもって知っていた。旧式な縛《しば》りというか、伝統というものが確かに息づいていて、そいつに面倒な思いをさせられたことも少なくない。頭の固い町だと思う。

そういう厳《きび》しさからか、浮浪者の類はほとんど住み着いていない。

だから見かけたとき、つい立ち止まって凝視《ぎょうし》してしまった。

夕暮れ時のことだった。夏休みと共に夏は本腰を入れて町を焼き、昼なんてとても出歩く気になれなかった。騒がしいのは学校のプールに向かう小学生と蝉くらいだ。

その暑さも少しくらいは落ち着いただろうと、夕方に外へ出てみたが夏を甘く見ていた。ほとんど変わっていない。太陽は傾いても、温度は一定だった。

出てきたのを後悔した。坂まで来てもっと悔やんで、でも上っていく。

その坂の上からは遠くに橙色《だいだいいろ》の海が見渡せる。広げた海面は夕日を映す水鏡《みずかがみ》のようだった。白波もまた同様に染まる。冬に風呂に入れていた温泉の素に色が似ていた。

海なんて何年行っていないだろう。近いからこそ、足が向かない。

海ってやることないからなぁ、独りだと。

だからきっとこれからも俺には縁がない。

と、気持ちだけでも涼んでいるときだった。

その黄昏を背負って、野暮《やぼ》ったい人影が近づいてくる。

落ちこんだ肩、引きずる足。変色した衣服にごわごわとした髪が顔と姿を覆い隠す。

整った町並みから浮ききった、衛生《えいせい》と無縁の存在だった。

なんだこいつは、と流石《さすが》に警戒する。ただの不審者ならいいが、危険なとでも頭につくような輩《やから》だったらどうしよう。振り向いて恥も外聞も捨てて走って逃げるか、と悩んでいる間に足を引きずりながら横を通っていった。ホッとする。

残るのは凄い臭いだった。家の裏のゴミ箱に、野菜くずと土を足して掻き混ぜて三週間放置したような悪臭だった。雑多である。雑多に臭いものが集合している。疑う余地なく浮浪者だった。しかも土の臭いが強いから山暮らしだろうか。

彼方から吹く海風よ、早く臭いをさらってくれと願う。

坂を下りていく。樹林《じゅりん》に沿うように作られた坂は自動車の往来が少なく、町を見渡せることもあって空中にでもいるような静けさだった。そこを歩き、風に吹かれて。

最悪の気分に陥る。

臭いが、消えない。

寒気を伴いながら振り向くと、浮浪者が真後ろにくっついていた。

悲鳴をあげそうになる。

肩を引いて、なんだよと目で訴える。

「ど、」

浮浪者が口を開く。濁点《だくてん》が二個じゃ足りないくらい、声も濁っていた。

「どこだ」

「はぁ？」

「なぁ、どこだ？　どこにいる」

こっちの腕を掴むように手を伸ばしてくるので、飛び退いて避ける。

要領を得ない。顔見知りみたいに迫ってくるが、こっちには覚えがない。浮浪者と懇意《こんい》にはしていないし、そもそも顔が汚れすぎてだれなのかもさっぱり分からない。

「だれだ、お前」

もっともなことを聞いただけだと思う。

だって言うのにそれのなにが気に入らないのか、浮浪者が目を見開いた。

牙を剝くように黄ばんだ歯を食いしばり、そしてどこからか刃物を取りだす。

「てめぇぇぇなぁぁあ」

なんだその怒り、と焦り、腕を横に振るって牽制するも効果はなく。

浮浪者に体当たりされる。

まずいと思ったときには、刃は俺の身体を鞘《さや》にしていた。元からそんな穴が空いていたんじゃないか？と錯覚《さっかく》するくらいにあっさりと胴を貫いてくる。さっくりと小気味よく刺さったためか、最初の痛みや苦しみは薄かった。

だけどその穴を中心に、割れた風船のように身体の力が抜ける。

足首、膝、腰と丁寧に折り畳まれて地面に伏した。

受け身もとれなかったから、腹に刺さっていたナイフが地面に接触して目に火花が散るほどの痛みを味わう。そこから本格的に、まさしく身を引き裂かれる苦痛に苛《さいな》まれていく。頭に重しが載ったように思考が働かなくなり、ただただ痛い。それが終わらない。

まばたきでも、足の指でも、とにかく動けば腹が痛む。

身体のどこかが動く度、血の流出を意識させられる。

呼吸も嫌になるほどだった。

呼吸を殺しながら伏せた視界の中で、信じられないものを見る。俺を刺したやつがすぐ近くにいた。しかも姿勢まで揃えるようにして。

「な、なんで、」

お前まで倒れているんだ。俺はなんにもしてないぞ。

「くそぅ……くそ、お」

無念を呪詛《じゅそ》のように吐き散らして、けれどそいつは動けない。

「ここまでか……ここまでなのか……」

はた迷惑な『ここ』で力尽きてくれる、と汗が滲《にじ》む。もっと手前で、倒れていてくれたらよかったのに。巻きこまれたこっちの怒りもぶつけてやりたいが、そんな気力は血と共に流れ尽くしていた。ここまでなのか、と相手の言葉をなぞってしまう。

痛みがいつまでも続くなら、いっそ死んで楽になって、そして。
生き返ってくれ、と思ってしまう。
呪う者は精根尽き果てようとするその際、嗄《しゃが》れた声で呟く。
「まだ、死にたくねぇ……」
そりゃあこっちの台詞《せりふ》だ。
よりによって、自分を殺したやつの声が最後に聞こえるのだった。

波の音を聞いた気がした。
はっと、目が覚める。頬のざらついた感触がより意識を際立たせ、飛び起きた。
出迎えるは濃紺の空。
満天と言いがたい微かな星。
夜を迎えていた。
「あぁ？」
景色の変化に戸惑い、口が曲がる。
取りあえず座りこんだまま、状況を把握する。

身体の軋《きし》みや痛みから、坂に寝っ転がっていたのが分かる。それと腹に刺さっていたナイフは抜け落ちて道路に転がっていた。で、その腹なのだけど無傷だった。シャツは破けてへそは見えているが傷はない。ついでにあの浮浪者もいなくなっている。

「……死んだのか？」

稲村の、棺桶から飛びだした足を思い出す。あれと同じだとしたら、俺は生き返ったのか。治り具合なんてものじゃない綺麗な腹を見ていれば、不思議な出来事に見舞われたのも受け入れなければいけなかった。

「うわぁ死んだのか俺……あんなので」

割とあっさり死んだものだ。でも、あっさり死んでいかないとしたらそれはそれで辛いからな。

病院で苦しんだ末に亡くなった祖父《じい》さんの、骨だけのような腕をふと思い出す。

そのまま、海を眺める。夜の海なんてまじめに見るのは初めてかもしれない。

まばらな明かりが、海面をゆっくり漂っていた。ボートか、漁船か。

高台のような坂に吹く風は潮《しお》を含んでいるのか、ややべたついた。

耳を澄ましても、風の音ばかりでやっぱり波なんて聞こえてこない。しばらく風に吹かれていると、夏なのに肌が震えた。身震いして腕を抱くようにしながら立ち上がる。判別しづらいけど、地面には血痕《けっこん》も見えない。

「俺の死がなかったことに……いや、なんか違う気もするな」

とにかく一旦《いったん》、家に帰ろうと思った。

早く帰らないと親が心配する。問題は一つずつ解決していくしかなかった。

坂の下にでも転げ落ちているかと注意深く見てきたけど、浮浪者の人影はない。

「逃げやがったのか」

あんな瀬戸際《せとぎわ》なことをべらべら言っておいて、なんだったんだあいつは。出会い頭の事故と受け入れるには不可解が残る。人殺しめ、警察に……と言いたいのだが話が通じない気もしている。怪我《けが》なんてないのだ。殺されたなんて言うけど生きている。説得できる自信がなかった。それに、稲村みたいに祭り上げられるのはごめんだ。

あいつはあんなのをよく受け入れて生きていられると思う。

向かい側から自動車のライトが入りこんでくる。しばらく目を瞑って寝ていたからか、普段より眩《まぶ》しく感じられた。俯いて、手でひさしを作るようにやり過ごす。

大型車が走り去っていった。

そのすれ違いの際に見たものに、目を疑う。

走っていく車に振り向いたけれど、後ろからはさすがに確認できなかった。

「今、運転席、」

だれも乗っていなかったように見えた。疲れているのか？　確かにまぁ、疲れてはいるだろう。なにしろ一度死んだ身だ。地獄《じごく》行きから慌てて引き返したのだとしたら、旅行疲れなんてものじゃない。などと、冗談で肩を揺すらないと心が崖のある方向に走っていってしまいそうだった。

次の自動車とすれ違わないまま、家の前に着く。大した用事でもなかったのに、思わぬ時間を食ってしまった。まだ家の明かりは灯《とも》っていないので、両親は帰ってきていないようだ。腰越の家と同じように、うちも両親が共働きで帰りは遅い。

寝ている間に鍵《かぎ》を紛失していないかとやや不安だったけど、服の中に鍵はしっかり残っていた。戸を開けて、家に入る。慣れきっているのに、いや慣れているからこそ家の空気というものに安らぐのだろう。玄関をくぐって、明らかに落ち着きが変わる。

そういう場所があるということに、死の淵《ふち》に瀕していた精神が帰り道を見つけたような気にさせられた。階段を上がり、珍しいものもない自室へと戻る。

自分の部屋は目新しいものなんかなくて、なにもないからこそ、かえって安堵する。

電灯を点けてから、足が崩れるようにその場にへたりこんでしまった。

とにかく家に帰って少し休めば、大体のことが解決するような気がしていた。

だけど、それが間違いだって、落ち着いたからこそ気づかされる。

だれも、いつまで経っても帰って来ない。そのくせ、一階にはいつの間にか明かりが灯っている。幽霊にでも化かされているような、ちぐはぐな照明事情に警戒を強める。

霊魂の有無はともかく、なにかが動いているようだった。

そのなにかというのは家や時間を踏まえれば、両親である可能性が非常に高い。でも俺には、それが捉えられなかった。

窓から見える町の明かりはいつもと変わりない。

けれどそれに伴うような物音が、まるで聞こえてこないのはどういうわけか。

規模が広くなるほど、世界がおかしいのではなく、観測する者ただ独りに異常がある方が説明は容易《たやす》い。

これは、まさか。

異変を認めることができなくて家を出る。駆け足の赴《おもむ》く先は、友人の家だった。

俺の家と同じように明かりは灯っている。

「腰越！」

迷惑など考えないで家に乗りこむ。乱暴に上がり、廊下を、腰越の部屋を、居間を巡る。けれどだれとも鉢合わせすることはなく、ただ無礼な物音が暴れるだけだった。

家族はともかく、腰越がこの時間にいないわけがないんだ。

それがまったく物音や反応といったものがないということは、つまり。

おかしいのは俺か、世界か。

結局腰越の家も飛びだして、中途半端な距離まで逃げだす。

その最中《さなか》、足がもつれて、膝に手をつく。どれだけ息を荒げても、俺を笑う者はいない。追い越していく自動車は今度こそ見間違えることなく無人だった。

人が見えなくなっていた。

自分の呼吸だけが無人の町に響く。

目も耳も、取り巻く現実を一足先に認めている。

拒むのは脳ばかり。

今にも途切れそうな息を繰り返し、火照った脳が次第次第に理性を受け入れる。

非常識に反抗する体力が尽きたところでようやく、確信した。

俺は、独りらしい。

だれもいないわけじゃない。町には確かに変化があり、それはたくさんの人の手がなければ到底不可能であるのは分かる。ただそれを見ることもできなくて、見られることもできない。そういうことのようだった。

なんでこうなったかと言えば、多分死んだからだ。

「死後の世界では……ないみたいだけどな」

五つぐらいのときまでは祖父さん祖母《ばあ》さんも一緒にこの家で暮らしていた。もしもここがあの世なら同じ家で再会くらいできるだろう。町中を歩いても幽霊なんか出会えやしなかった。まぁ、起きている現象は正に心霊そのものなのだが。

稲村のように生き返ったみたいだが状況が大分違う。

「不完全に生き返った……いやなんか違う気もするな……」

寝返りを打つ。この布団、傍《はた》から見ると勝手に沈んでいるように見えるのか？　透明人間として騒がれるようになったら、困るなと頭を掻く。とはいえその騒ぎもこっちは感じ取れないわけで。徹底して、孤立していた。

周りを気にすることなく、生きようと思えば可能だ。

問題は、生きられるかということそのものだ。

眠れるはずもなく、ただ泥の海に浸るように思考する。考えるのは、楽しい。自分の置かれた状況から逃避《とうひ》しつつ現状を把握していくという矛盾《むじゅん》が成立するのは一体どういう理屈なんだろう。起き上がり、机の上のノートを取る。人間以外には干渉できるというのはありがたい。そうでないと、死人と本当に変わらない。

書き置きを作成すれば、他の人間との意思疎通がとれるかもしれない。試そうとして少しペンを動かしたところで思い直し、ノートを閉じる。

だれかと繋がる前に。

まだ考えることがあった。こんな世界に辿《たど》り着《つ》いた理由ってやつをだ。

「…………」

独りで生きて、独りで死ぬ。

その独りで生きるって、こういうことなのだろうか。

俺が本当に望んでいたことなのだろうか。

いやどうかなぁ、とその場で頭を抱えて屈む。確かに独りだけど、少々解釈が適当すぎるのではないか。血と共に宿る額の熱にぼぅっと浮かされながら、思考する。

もしもこれが一生続くとしたら、どうなるかを想像する。

まず学校にはもう行く必要がない。

「……夏休み終わってからの方がよかったな」

はっ、と自嘲する。夏休みとかぶったら解放のありがたみが半減だ。次に、働く意味もない。労働を捧《ささ》げる対象もなければ、対価を得ることもできない。学校も行かないで、働きもしない。学生も、大人でもない。属するものを失ったのだ。

つまりこれからは強制されることがほとんどない。本当に、独りで生きて独りで死ねばいい。それは確かに俺の望む一生だった。こんな形で実現してしまうとは到底、想像もつかなかった。もしかすると、生き返りは単なる復活でなく、そういうオマケまで付属しているのかもしれない。望みを叶えるというか……理想の人間に生まれ変わらせるとか。稲村はどうなのだろう。話を聞いてみたい気もするが、今となってはそれも難しい。

「むぅ……」

屈んだまま、蛙《かえる》のような姿勢で天井に向く。

今の年齢から、大病なく過ごせば残り六十、運がよければ七十、八十年。

生きていけるだろうか、孤独に。

いや生きていくしかないのか、ぽつんと。

部屋を見回す。見慣れた壁と暑苦しい空気しかない。でも本当は二十人くらいが押しくらまんじゅうしていることだってあり得る。いやないけど、あるのだ。

迂闊に窓を開けて換気もできない。独りなのに、自由が少ない。

「独り言が増えそうだな……なぁ？」

話し相手なんてだれもいない。声はすべて自分のためにあり、自分に返ってくる。

最後に、腰越のことを思い出す。もうあいつの家へ出張することもないわけか。

それについては少し、惜しい気もする。

なんだかんだと磨いた腕で飯を振る舞うのは楽しかった。

腰越自身も控えめなので付き合いやすかったのもある。

「……昔と、大違いだな」

あいつは疑問を持っていないみたいだけど、昔とは随分と人が違う。もっと気の荒いやつだったし、喧嘩《けんか》ではすぐ手の出るような性分だった。野外学習のあたりから急に人が変わったように思う。もしかするとこれも、と考えてしまうが確証はない。ただ既に死んでいる素振りはなかったので、どうだろう。

それとも忘れてしまったのか。本人が望めば、そうなってしまうのかもしれない。

あいつはなにを望んで生きて、そして死んだのだろう。……いやいや、憶測で人死にを確定させるとか酷いな。しかし俺がいなくなったと聞いたら、あいつは驚くだろうか。魔女の仕業とでも誤解したらどうなるか。ちょっと、面白いかもしれない。

なんにせよあの連中を含めて、もう人間に関わることはできそうもない。

人間以外はどうだ、と耳を澄ます。耳鳴りの向こうに響くものはないかと、じっと探って。汗がこめかみを濡らしたところで拭い、諦めた。蟬の鳴き声が聞こえない。

それに加えて、と自分の身体を見下ろす。

声と呼吸を潜めて気づいたが、心臓が動いていない。音が聞こえない。

死んだのだからそれも当然で、けれど、死んでいるのに俺は生きている。

「……いや」

俺は本当に生きているのだろうか。

蟬の鳴かない夏。

ここが地獄でないと証明してくれるものは、なにもなかった。

やっぱり都合よくはいかないかと腹を撫でる。

空腹を迎えていた。食わないと生きていけない身体らしい。

中途半端というか、面倒だ。

このままではとても眠れそうにない。

家の冷蔵庫を開けるわけにもいかないので外に出た。靴は履いていない。死んだときに履いていたやつなら問題ないとは思うけど、腰を下ろして、靴を履いて、とやるのが億劫だった。どうせだれも見ていないし、と裸足《はだし》で外をうろつくことに躊躇《ためら》いがない。こんな風に人間性を喪失していくんだろうか、と考えるとゾッとしない。

だから途中で引き返して靴を履いた。

独りで生きていくと言っていたんだ。崩してしまって、どうする。

夜も更けて尚《なお》、外では無人の車が走っている。車が見えるだけありがたいとでも思うべきか。しかし車だけが町を行き交う光景は夢の中ではないかと錯覚させるほど空虚だった。不思議と車の走る音もしないので、ぼうっと、顎を上げて歩いているのは危険だった。

家族の帰りは夜遅い。それに夏休みということもあるし、俺の失踪に気づくにはまだ少し時間があるだろう。いないと気づいたらまず友達に電話を……ああ友達いないわ。腰越くらいか？　そこに電話して、知らんと返事されたら警察に連絡だろうか。

もちろん、そんなことをしても俺が見つかるはずない。

人気のない町はたった一つだけ物音を残す。風の音だ。雑音が排除されているから、大して強くもない風でもしっかりと音が伸びてくる。大鳥が翼《つばさ》を広げるように、風の音は柔らかく横に展開して俺を包む。でも夜風は俺を暖めてなんかくれないのだ。

足をわざと上下に大きく振って歩く。

「これで俺も、江ノ島の仲間か」

案外江ノ島も、こんな世界に迷いこんだのかもしれない。

小学五年生の野外学習で、行方不明になったやつがいる。同じ班の江ノ島だ。あいつは最終日にふらりと消えて帰ってこなかった。山を大人たちが捜索したけど見つからず、俺たちの間では死んだ扱いになっていた。ちなみに同じ山にいるはずの魔女も見つからなかったようだ。

でも、今となっては本当に死んだのか分からない。

俺や稲村のように、仮に死んでもあいつは生き返ったはずなのだ。それがどうして見つからないのか。山で二度死んだのか、それともまだ生きているのか。

あのとき、班から離れていたのは腰越と藤沢。

この二人はいつの間にか戻っていたけど、なにか知っているんじゃないだろうか。

そう疑って、腰越を間近で観察している間に、またいつの間にか友達になっていた。

今となっては特にそんな気も起きず、ただ居心地のよさを覚えていた。

「…………」

まさか、見も知らぬやつに殺されるなんて。そんなのアリかよ。

ぐちぐちと文句を言いながら、目当てのものを発見する。

透明人間が糧《かて》を得る方法なんて二つしか思いつかない。

自給自足するか、奪うかだ。

畑を耕すというのも面白そうだが、育てきるまでの時間を考えれば現実的ではない。となると選択もなにもない。どこでもいいんだが、と弁当屋の看板を選ぶ。普段は見向きもしない店だが、だからこそと選んで中に入っていった。

無人の弁当屋の棚に置かれた弁当類を眺める。

持ち上げたら他の連中にはどう見えるんだ？　意味はないかもしれないが一番高いのを手早く取り、服の内側に隠すようにして足早に店を出た。そして、走る。

距離を稼《かせ》いで、だれも追ってくるわけがないのに振り向いて、息を吐く。

落胆したわけじゃない。

建物の間に入りこみ、陰で弁当箱を開く。

「あ、箸……」

お箸をおつけしてもらっていなかった。当たり前だ。仕方ない、と手で揚げ物を掴む。ソースがかかっていたのか、手が汚れた。かじり、舐《な》め取り、飲みこんで。

大きく、失意のようなものを吐きだす。

悪い味だ。

味が悪いのではなく、悪さの味がする。

取る度に、自分を疑ってしまう味わいだった。

「……………………」

こんな生き方がしたかったんだろうか？

疑問はあれど、やらねば生きていけない。

それなら空気を吸うように水を飲むように、悪をむさぼる。

果たして今の俺の帰る場所かは分からないが夜になって向かえるのは自分の家くらいしかない。音を立てないよう家に入りこみ、じぃっとしていた。

一晩中、階段の陰に座りこんでみたが周りが騒いでいる様子はない。埃も上がらず落ち着いたものだ。家族の愛でこっちに反応してくれるなんてことはない。死体が見つかるはずもないのだから、取りあえず家出扱いだろうか。親に余計な心配をかけるのは申し訳ないので、書き置きでも作っておくべきかもしれない。一旦、部屋に戻ることにした。階段を上がり、そこで足が止まる。

自室の扉が開いていた。

「…………………………」

音もなく、なにも見えなくても察するものはある。

聞こえるはずもない足音を潜ませて、階段を引き返した。

そのまま靴を突っかけて、家を出る。しばらく歩いて大通りに出てから、左右を見回す。昨日と同じく無人の町が俺を静かに見守っている。

あれだけ鬱陶しく思っていた観光客も消えてしまった。

「さて、どうしようかな」

実家で暮らし続けるのは少し辛いように思う。人並みの感傷もあるし、いずれ家族が不審に思うはずだ。となると山にでも籠《こ》もればいいのか。でも俺は町が好きだ。文明の香りが大好きだ。その中で一人、心を静かに豊かにするのが好きなのだ。だから住み慣れた町を離れたくはない。大体、山暮らしなんて透明人間もどきにならなくてもできる。わざわざそんなことする意味はなかった。

他人様《ひとさま》への迷惑なんて考えたって詮無《せんな》い、そんな生き物が俺だ。関われないってことは、周囲にどんな影響《えいきょう》を与えても知らんぷりできる。まだそこまで開き直れないが、ひっそりしているのも馬鹿《ばか》らしい。極力、大手を振って生きていたいものだ。

「となると……あそこかな」

自分の家以外で、多少遠慮せず落ち着けそうなところ。

すかすかの印象がある、そうあの家だ。

着の身着のまま、いつもの道を歩いて辿り着いた先には腰越亭。

両親も不在の時間が多いし、家出少年の行き先と言えばやはり友達の家だ。

「世話になるぜ」

一応挨拶はした。靴を脱いで、腰越家に上がる。まったく知らない場所を選べない自分の臆病さを意外に思いつつ、家の中を歩き回って適当な部屋を探す。衣装部屋を覗いて、それから反対に位置する扉を開ける。開けた途端、埃の臭いが舞った。

物置になっているらしく、使われていない長机や積まれた段ボールが、埃っぽい空気の中で共生している。こういう部屋がいい。人の出入りする様子もない埃の量を見て、俺もその一つとなることを決めた。ひっくり返った長机を背もたれにして座りこみ、床に手をつく。閉じこめられていた空気の蒸し暑さには辟易するが、贅沢を聞き届けてくれる者などいない。こちらが適応するほかなかった。

しかし、ネズミかイタチと大差ない生き方だ。

体育座りしながら、自身の小さな生き様に、余生に思いを馳せる。

俺の一人で生きるっていうのは精神的な目標だったわけで。

たくさんの人の中、一人で生きるのは強さだ。

でもだれもいない場所でただ生きるしかないのは、ちょっと違うように思う。

孤独か、孤立か。その差は大きかった。


それから一週間の時間が経つ。俺は、大して動きもせず考えてばかりだった。

なにしろ日中、本当になにもやることがない。身体の維持に必要なのは食事の確保だけだった。それも夜、透明な身の上を利用すればさして難しいことでもない。当然、窃盗《せっとう》は悪行である。だれも裁きはしないが罪を日々重ねている。

次に死んだらきっと地獄行きだろう。

地獄に行くために生きているなんて酷い人生だぜと独り笑った。

自虐が終わってから、またぼんやりした状態に戻る。観光客は海水浴に行くが、俺は思考の海に入り浸る。考えるということが、生きることそのものだってだれかが言っていた。俺は正にそうなっている。雑多な思考から一つを拾い上げて考え尽くす。

外になにもないのだから、内面に豊かさを求めるほかない。自然、思考は世界を大きく占めるようになる。

今日は魔女のことを考えていた。小学生のときに出会った魔女は、なんのために俺たちにあの木の実を食わせたのか。善意のお返しにしては少々奇異すぎる代物だ。なにか目的があったのか、それとも気まぐれか。

あの木の実、もしも手に入れられて食べることができるなら、また命が増えるのか。そうしてもう一回死んで、元の世界への帰還《きかん》を望んだとしたら俺は人の世に戻れるのだろうか。まだ戻りたいと泣き言を漏らす気はないけれど、考えとして興味深い。

「魔女は俺が見えるのかな……」

でもあの魔女、初めて会ったとき死にそうになっていたし案外大したことないのかも、とは前から思っている。むしろ藤沢の方がよっぽど魔女に相応《ふさわ》しい雰囲気、凄みってやつがある。あいつと仲がよかったわけじゃなく、苛烈《かれつ》なものを秘めているのを感じ取っていたせいか、学校では意識して避けていた。

それがちょっとした偶然から同じ班になり、魔女の悪戯《いたずら》に巻きこまれて今に至る。

なにがどう繋がっていくか人生、分からないものだ。

もっともこれからの俺はだれとも繋がらないのだけど。

「気楽……ではあるな」

人になにかを期待しなければ、人付き合いはただ重荷を担ぐだけになる。そういうものが嫌だったのだから、今はわりかし心が穏やかだった。落ち着くのは間違いない。

ただ、楽をしているだけでは人間堕落するものだと以前に祖父さんが言っていた。

俺はどこに落ちるのだろう。

取り留めもない思考をノートに書き留める。全部は書けないが、掻《か》い摘《つま》んで記す。

昨日の分のページには色んな可能性についての検討があった。ここがあの世説、別世界説、俺は植物状態になって夢を見ている説。どれも確証はないので、あくまで遊びに過ぎない。ただ今まで生きていた現実でも、自分が確かなものであると証明するのは難しかったと今更に感じる。みんなで狐《きつね》に化かされているかもしれない世の中だ。

書き終えたノートは段ボールの中に隠す。ここなら腰越含めて、家の人間が目にすることはないだろう。仮に見たところで、なんの話か分かるはずもない。精々、お話作りに盛り上がっていると解釈するだけだ。

ノートを置いてからも、考え続ける。

たくさんの人の目から俺が消えて、一週間。

もう俺を探している人間なんていないかもしれない。

両親は諦めるか微妙だけど。でも、性格的には死んだと考えてもおかしくない。死んだしな、実際。今は死後の延長戦みたいなもので、生きている人間に会えないのは理不尽と思わない。

それが辛いわけじゃない。ただ、生きているって実感できることも少ない。

自分というものがどんどん、個性を消していくのを自覚する。人と比較しての個性を自覚できないでいると、段々と人間味を失うというのがよく分かってきた。今では本当に、片隅の段ボールと仲間なんじゃないかって思うくらいだ。

だれかに貢献することなく、なんら生産性もなく、ただ寝泊まりするだけ。

仲間どころか、ものを保管しておける段ボールの方がずっと上等だ。

そういう風に、なってしまうのだ。

独りで生きることの難しさが身に染みて分かる。

人間が、自分のことを『生きているな』って思える条件を満たせない。

安定した食事、危険を廃した睡眠、定期的な入浴、甘んじることのできる身分、比較して適度に自分を評価できる他人、疎ましく思う他人、ただすれ違うだけの他人、遠く見えない場所で人類にたくさんのものを供給する世界中の他人、そして、それなりに気安い友人。

俺が失ったものをつらつら、粗大ゴミとして並べる。

正直酷い。今まで培ってきた自分を維持するためのものがみんな吹っ飛んだ。

でもそれが、一つの命を失って得た結果だ。代えの非常に利きづらいものを消費したのだ。悪いなんて思いたくないという意地もあった。

その意地も、口を閉ざしてただ時が過ぎていけばいつまで保《も》つか分からない。

積み上げたその山が溶けてなくなった先には、なにも残らないだろう。

それは死ぬ前から死を迎えたようなものだった。

なんてことだ、せっかく独りで生きているのに、だれも生きているなんて思っちゃくれない。ひでぇひでぇと嘆き、空元気に身を委ねつつ夏の湿り気に蒸される。

それもこれも、群衆の中で独りぼっちなら問題なかった。

やっぱり、他人ってどんな形であれ必要なのかもしれない。

それが取るに足らない、なんにも関わらない、何の縁もない人たちでも。

見えない場所で、俺の生きるための世界は作られ続けていた。


玄関の方で電話が鳴る。鳴っている、と薄ぼんやりした意識と瞼を開く。それからここが、自分の家でないことを思い出していた。このまま、段ボールになれたらいいのになと角の潰れた箱を見て願う。思考なき段ボール以下の人生は、少し上を向く。

「鳴ってるぜー……」

家の人間に伝えて、役目は果たしたと笑いながらまた目を閉じる。

やることがないと日の昇り沈みにもこだわらなくなって、ほんと、堕落って感じだ。そのまま真っ暗に自分の身体その他が溶けこむまで、じっくり寝入った。眠りすぎて頭が痛くなり、鼻先が水分不足を訴えて熱い。自堕落も限界を迎えて、物置を出た。気づかれないよう、深夜や早朝にばかりうろうろしているとネズミの気分だ。

台所にこっそりと入る。電気に頼らなくとも目が夜に順応していた。最近はすぐもの輪郭《りんかく》が捉えられるようになって、野生化しているようだ。野良《のら》だな、野良と笑う。

そして。

コップに汲《く》んだ水を飲み干し、洗い、置いて。

なんの気なく振り向いて、戻ろうとしたところで。

急いでもう一度、目線を戻す。

た、た、って狼狽する足音が軽い。

台所の机に、千円札が載っていた。

「…………………………」

手を伸ばしかける。指先が震えるように曲がるのを見て、留まる。

無造作に置かれた千円札は、俺と腰越の間にしか分からないサインだった。

腰越は今、この場のどこかにいるんだろうか。

見えるわけがないと知りながら振り向く。当然、なにも見えない。

でも机の上にある千円札は消えない。

まばたきしても、顔を背けても、すぐに戻しても。変わらずそこにあった。

深い洞窟《どうくつ》の中で、どこかに繋がる白い糸を見つけたような気分だった。

「へ、ほ。ほ」

思わず変な声が漏れる。三つの小さな反応は、それぞれ感情に伴う色を発するように錯覚する。明るい色、叫ぶ色、沈む色。カラフルな玉が三つ、弾む。

いつから置いてあったのか、晩飯の時間はとうに過ぎていた。

溶けていた自分の身体が、せり上がり、固まっていくのを感じる。

「腰越」

なんのために置いた？

なにを思って置いた？

向こうの情報はなにも覗けない。腰越は今の俺のことをどこまで知っているのか。
人の心のように不透明だ。
だからこそ、いいのかもしれない。
知らないことは楽しいと、前にだれかが言っていた。
「朝飯作りには、まだ早いな」
腰越の親のこともある。もう少し、じっとして機を待つ。
台所の片隅に、膝を抱えるようにしながら収まる。
自分が今、夜にあることを自覚する。
そして夜明けを待つことを知る。
座りこみ、退屈を忘れて焦れったさにむず痒《がゆ》くなる。
早く、朝よ来い。

朝、早く起きてこいと扉を開けておいてやった意味に気づいたかな。
声も形もなにも届かない距離で、俺たちのメッセージは互いに正確に伝わっているだろうか。答えはなく、だからこそいつまでも続いていくことを願ってやまない。

こんな些細《ささい》な繋がりが、俺に朝と夜を与える。
一日を作り上げる。
日が昇り、ゆっくり時は流れて。
居間のテーブルにはいつの間にか、空になった皿だけが残っていた。
それを見届けてようやく、千円札を正式に受け取る。
「まいど」
千円札を、世界に見せびらかすようにひらひらと振る。
……人生で大事なのは。
「確か、ええと……希望と勇気と、少しのお金だったか」
希望も勇気も、その少しのお金が示す。
こんなに価値があり、同時に使い道のない千円札は、きっと俺しか知らない。
待ち遠しかった深夜が訪れて、ひっそりと外に出る。
愉快だ。
こんなに愉快なことはないよって、踊るように。

夜は自分が消えたあの日から少し様変わりしていた。庭先の空気をより繊細《せんさい》に感じるのは俺か、それとも季節の巡りか。心は冷水で洗ったように爽やかで、この夜に相応しい。

そうしてなにかに両腕を満たされて今にも飛べそうな気持ちのまま、夜空を見上げる。その先に見える星の数が少ない気がした。空や天気の都合もあるから一概に言いきれないけど、ひょっとするといつも見えていた星にはだれかが生きていて、俺にはそれが見えないのかもしれない。見えないことが逆に、そこにあるものを証明するのだ。

「ははは……」

この世紀の大発見を、俺は独り占めしている。

多大な満足感とほんの少しの空《むな》しさが丁度よく、胸の隙間を満たした。

俺は完璧な生き物じゃない。だから、完全に一人で生きることはできない。

不完全な独りぼっちを支える千円札が、星の海を泳ぐ。

死人死人死人死人

僕が危ないよって言ったときには、彼女は既にひしゃげていた。

その日の彼女、藤沢の妹はまた夢の話をしていた。

「今日は変なおばあさんと暮らしていたわ」

「また夢？」

「うん。腰の曲がっていない元気なおばあさんよ。最初は仲よしだったんだけど、だんだんお婆さんが怖い人になって、最後は火をつけられて死んでしまったの」

「……魔女なの？　そのおばあさん」

「うーん、そうかも。変な帽子もかぶっていたし」

藤沢の妹が楽しそうに思い出している。聞いていて、こっちは気落ちする。

「なんだか、死ぬ夢ばっかりだ」

「そうなのよ。でも死ぬと朝ぱっちり起きられるの」

本人は朗らかだけど、そんな話ばかりされても気が滅入《めい》るだけだ。

だから一旦離れようと、道路を軽薄に横断して別の歩道に向かう。

待ってよと、左右も確認しないで藤沢の妹が追ってきて。

危ないよって振り返ったときには、遅かった。

轢《ひ》かれた藤沢の妹はツバメのように高く空を飛んで、筆みたいに固まって仰け反り、地面に血の線を描いた。

跳ね飛ぶ水風船みたいに、血を撒《ま》き散《ち》らして。

僕は他が大騒ぎになっても、耳を塞がれたように音を失っていた。

かくして、藤沢の妹はあっさりと息絶えた。

僕が動いたからって、追ってきて、事故に遭って。

それは僕のせいなんだろうか？

もちろん、僕は違うと言いたい。

でもそれを許さないように睨むやつがいる。

藤沢だ。

あいつだけは、決してなにがあったかも、なにが失われたかも忘れない。胸の内に篝《かがり》火《び》の如《ごと》く消えることのない、怒りと決意がその道と目の前を照らし続けていた。

だから僕もその目に捉えられて、忘れられない。逃れられない。
藤沢姉妹に、幻と夢さえ侵食されるように。

その日から僕は幾度となく夢に見る。
炎を衣のように纏った小さな人影が、墓から這いでてくるのを。

死人死人死人死人死人

自分が世間で言われるほど、そういうものでないのは早々に自覚していた。確かに同年代の記録《きろく》と比較してみれば突出したものはあった。計算も、運動も自分に追随するようなやつは周りにだれもいなかった。背は低くとも、すべてを見下ろしているような気にさえなった。

でも冷静になってみれば、二つ、三つ上の人と比べればそこまで尖ってもいなくて。無差別級で他者をねじ伏せるほどの圧倒的な力量は、ぼくにもなかった。

ぼくは早熟《そうじゆく》なのだと思う。普通の人が二年、三年先に辿り着く場所に一足早く達している。それは確かに成長期においては著しい有利をもたらすのだけど、次第、次第にその差がなくなってくる。専門的に能力を伸ばす人が増えていくからだ。

そうなるとやっぱり、ぼくは思ったほど天才ではないと分かってきて。

凋落《ちょうらく》も早かった。それでも道化を演じて、本気が別にあるように装う。

ぼくは天才でい続けなければいけなかった。

少なくとも、その子の前でだけは。

天才と称《たた》えられて、賞賛を受けて。

だけどぼくの心を満たしたのは、大多数ではなく、ただ一つ。

もっとも側にいて、なんの気なく圧倒的な差を見せつけて。

なにかを潰されたような力ない瞳と、羨望《せんぼう》の入り交じった眼差《まなざ》し。

それを一身に受けたとき、ぼくに芽生えたものが蔓《つる》を、根っこを急速に伸ばす。

もっとよこせって。

その目をずっと向けていてほしい。

そう願い、だからぼくは天才でい続けなくてはいけなくなった。


その日、起きたとき、えなになにと大いに焦った。

窮屈だった。金縛りにでも遭ったときみたいに手足がぴっしりと動かない。正面の小さな窓からは見覚えのない、白い天井が見える。なんだなんだと身を捩ろうとする。

が、狭い。

これは何事か、と焦る。天井が見えているから、横になってはいるみたいだった。

横がダメなら、と足を上下させてみると少しだけ上がった。でもすぐに暗闇に阻《はば》まれる。隙間があるなら、と身体をぐねぐねと波打つように動かして、気合いを込める。

「ふぬんがー！」

一閃《いっせん》、膝蹴りを暗闇の壁に叩きつける。鈍い音と共に、闇は飛び上がった。

蓋らしきものが舞い上がり、落下し、派手《はで》な音を立てる。

さすが天才、と自画自賛して起き上がると、花のいい香りがした。同時に花というものは、あの木の実の味わいを連想する。関連してまたいくつか思い出す。

いい思い出より、悪い方をよく思い出してしまうのはきっと不幸なのだ。

「……ん？」

顔を拭ってから、周りの状況に気づく。

家族と、友達と、七里がぼくを見ていた。全員の目が正気ではなく、見開き、中途半端に流していた涙が頬を伝うのではなく引っ込んでいきそうだった。

んー？　と首を傾げるとぼくの写真が大きめに飾られていた。

ぼくが最初に絵画コンクールで入賞したときの絵と撮《と》った記念写真で、心からそれを喜ぶように笑っている。懐《なつ》かしいなぁとしみじみする。でもその写真はともかく、額縁《がくぶち》やらなんやらを見ていると、まるで遺影《いえい》のようである。

ていうか遺影だこれ。

なんじゃこりゃあ、と説明を求めて振り返ると、ぎょっとする。

藤沢がぼくを見据えていた。こいつ、よく堂々とぼくの前にいられるな。無表情と合わせてその図太さに感心してしまう。こいつだけが驚いていなかった。

そりゃ、そうか。

「あんた」

声をかけられて、はっとそちらを向く。席を立った七里が、ぼくに近寄っていた。

黒いセーラー服。背後もみんな真っ黒。それに自分の格好を省みて、あぁ、と笑う。

「うん」

やっぱりあれは、下へ下へと変わっていく景色は夢なんじゃなかったと納得する。

「やっぱり、ぼく死んだよね」

藤沢に突き飛ばされて。

死んだぼくの前に七里がいる。七里も死んだ？　いやそんなことはないはず。

だとしても。

ふっと、息を吐いて。

「じゃあここは天国《てんごく》かなぁ？　だって、」

七里が、ぼくだけを見つめているんだから。

そんな感動も束の間、大騒ぎが波のようにやってきた。まず、家族にタックルされた。おごぺ、と棺《ひつぎ》から転げ落ちる。もんどり打ったあげく親類にたらい回しにされた。それから御輿みたいに、なぜか棺に乗せられて運ばれていく。

もうわけ分からんな、と笑って事態に流される。

分かるのはぼくが確かに一度死んで、生き返ったということだった。


蘇りというのは周りにとって思いの外大事みたいで、そこから出会った大人の大概が腰を抜かした。医者はちょっと引いていた。そうした落ち着かない大人たちに色々と調べられて慌ただしい。家に帰ることもできないで、なぁなぁと引き留められる。

ぼくは学校の屋上から飛び降りて死んだ（突き落とされたのだ）ことになっているけれど、というかそうなんだけど、落下時の負傷も回復しているらしい。確かに身体はどこも痛くなく、快調に肩も回る。凄いな魔女、と思い出していた。

貴重な二つめの命をこんなあっさりと消費してしまったことについては、軽率というか藤沢嫌なやつだと思うけど、まぁ生きているならいいかなと思うようになっていた。

ぼくは再び、大勢の人に注目されるようになった。

昔、テレビに出演しては天才だって騒がれていたように。

少しばかり物覚えがよくて、世界の地名や難しい言葉を簡単に暗記できた。将棋も同い歳の子には負けなかった。走れば前に出てくるやつはいなかった。超能力めいたものはなくて、ただ、本当に少し人の先を行っていただけで天才扱いだった。

その過去も引っ張りだされて、神童、神の子と持ち上げられる。ぼくはそれを聞いて、相変わらず、おんなじことばっかり言ってるなと笑う。それを承知の上で、ぼくは担がれる。

そんな好奇の目にはまったく心動かない。

テレビに出る度、ぼくはカメラの向こうに念じていた。

七里、ぼくを見てって。

あの目で、ぼくを見上げてって。

そのためだけに、つまらない言葉しか持たない大人に囲まれるのも耐える。

天才で、奇跡で、神懸《かみが》かって。

たくさんの人が同じようなことしか言わない。語られることは本当に少ない。
ぼくはその資質や立ち位置にありながら、他の人より物語が薄いと自覚していた。
でもそんな風に語られることなんかより、もっと大事なことがある。
取るに足りず、他の人からしてみればどうでもいいやり取り。関係、感情。
そういうものを再び手にするために、ぼくは祭り上げられることを選んだのだ。
そしてようやくその山盛りの賞賛を背負って、凱旋《がいせん》する。
七里の元へ帰る。
さぁ、ぼくをあの目で見上げてくれって。

なのに。
ぼくが久しぶりに目にした待望の七里は、藤沢と手を繋いでいた。
しかも指なんて絡めて。
ぼーっと、藤沢を見つめて。
「なにやってんだよぉ！」
声に涙が混じりそうだった。はっとした二人がぼくを見る。

七里は驚いて、藤沢は、露骨に嫌そうにしかめ面していた。

嫌なときに帰ってきやがって、という気持ちがありあり伝わってくる。

「なんで、七里が」

言葉に詰まる。悔しすぎて嫌すぎて怒りすぎて、悲しすぎて。

言語は頭の中みたいにぐちゃぐちゃで、目の前のものもぐちゃぐちゃにしたくて。

涙が滲んでも止められなかった。

「そいつは、ぼくを突き落として殺したやつなのに！」

藤沢が隠しているであろう事実を突きつける。

七里の目が呆然となっていた。やっぱり、知らなかったんだ。

そしてぼくがいない間に、藤沢は、こいつは。

「なんの話？」

藤沢がとぼける。殺してやろうかと本気で思い、力を入れすぎた奥歯が欠ける。

「本当なのね」

そうした藤沢の反応を、七里はいち早く嘘と見抜く。すぐに藤沢から離れた。

ぼくの側に来て、庇うようにしてくれて。

違うよ、そうじゃないって思いつつもまずはホッとして。

なのに。

「分かるのよ、あんたのことは」

何気ないそうした発言に、心が削れていくようだった。

なんで、藤沢なんて分かっているんだ。

七里と藤沢がなにかを話していたけど、ろくに聞いていなかった。

七里はぼくを守るように前に立って、そうじゃないんだってずっと泣いていた。

ぼくは七里に見上げられていないと、ダメなんだ。

そのために、死んで生き返ったのに。

そのためにテレビなんかに出ていたのに。

なにやっているんだよ、七里。

七里と藤沢を見てからのぼくに生じたのは、単なる嫉妬《しっと》では片づけられないものだった。思考の前に行動が出て、頭の働きが常に疎《おろそ》かになっていた。

朝だってそうだった。七里の家の前にいたのは気づいたら、という感じで記憶が連続していない。そして意識しない間にその腕にすがり、要求を浅ましく前面に押しだし、押しつけていた。自分で言うのも何だけど、ぼくはそこまで恥知らずじゃない。むしろけっこう見栄っ張りな方だ。あんな格好悪いところ、七里には見せられないと少なくともちょっと前までのぼくならそう思ったはずだ。

そして七里にそうした姿を否定されて一層、深みにはまっていったように感じる。自分の中でなにかが絡まっている。蠢《うごめ》くものが無数に溢れて絡まり、ぼくを蝕《むしば》んでいる。お腹《なか》の奥から伸び続けるそれがこめかみや喉を埋めて、今にも表に出そうになっていた。不満を訴えて、破裂するように。

朝、多分朝、七里に手を振り解かれてからの記憶も、ほとんどない。

日数は、どれくらいだろう？　時計の針は、何度回っただろう？

ぼくはどこにいて、どこで過ごしていたんだろう？

断片的すぎて、拾い上げようとしても意識が混濁する。

周囲をようやく見渡せるようになって、ぼくはあの日のように、学校の屋上にいることを知る。むしろ、あの日に戻ったかのように今との区別がつかない。フェンスの向こうに目をやって、生徒がだれもいないことを確認してやっと、違いが分かる。

夏休みなのに、一体どこから入りこんだのか。ぼくが落ちたあと、屋上は封鎖もされていないのか。なにもかも壊《こわ》してきたのか？　自分の行いが不気味で、ただ、気持ち悪かった。
自分にミシン線みたいなものが入り、それに応じてばらけていくように錯覚する。
まともに立っていられなくて膝をつき、吐き気を堪えていた。
気分以上のなにかが命を蝕んでいるのが分かった。
「ううう、うぅううぅ」
こんなのじゃない。ぼくが望んだのは、こんなぼくじゃない。
他の連中なんて心からどうでもいい。
七里がぼくを見ていなければだめなんだ。
それなのに、七里は藤沢しか目に映っていない。
なんでだ。なんで、こうなった。
邪魔な藤沢のせいで。ぼくを殺したあいつが、ぼくの七里を奪う。
「…………………………それなら」
それなら今度は、ぼくが奪い返せばいい。
藤沢が、いなくなれば。
一縷《いちる》の望みに気づき、動きだそうとする。
「まぁちょっとお待ちなさい」

ぼくを引き留める声が、風のように肩を押した。

扉を開けて、屋上へとやってきたその人物に勢いを削《そ》がれる。

なんでここに、という疑問が足を止めさせた。

「魔女」

あの日と変わらない容姿、そして三角帽子をかぶった魔女だった。

黒のワンピースが夕暮れの終わり際、紺色《こんいろ》に溶けこんでいる。

「こんにちは。それともこんばんは？　夕方って難しい時間ね」

向かい風に帽子を飛ばされそうになって、魔女が頭を押さえる。唐突な、時代でも超えたようにそのまま現れた魔女に困惑する。同時に、身体の痛みが増していくように感じた。

「凄く、急」

感じたことをそのまま口にすると、魔女は帽子のツバを曲げながら笑った。

「魔女は強い願いを持つ者の声を聞けるの」

うそぶくように、ささやく。そうして、魔女はあの日のように。

その手を差しだす。

「いい？　この実を食べて、死を選び、強く祈りなさい」

魔女の手に載るのは、あのときに食べた赤い木の実だった。

魔女の目を見る。以前と変わらぬ微笑みをたたえて、ぼくに問う。

「もう一度、死んでみる覚悟はある？」

あるのなら、と言葉は続いた。

「あなたの想う娘が見ているものになりたいと」

「七里の……？」

話がピンと来ない。木の実は今にも屋上の風に飛ばされそうに、揺れている。

「この実が死者の理想を叶えたがるのは、あなたも気づいているでしょう？」

「し」

知らなかった。だってぼくは、死んだことで勝手に評価されただけだ。

生き返ればだれでも注目されていたはずだし。

「知ってた」

魔女はにっこりする。その笑顔に見守られながら、魔女の言い分を整理する。

七里の見ているもの。それは、悔しいけど藤沢だ。

そしてこの実は、死人の願いを叶える。

その二つを纏めると、つまり。

「ぼくに藤沢になれって、こと？」
死んで藤沢そのものになってしまえ、と魔女は言っているのか。
「そう受け取っても構わないわ」
魔女はあっさりと肯定する。
「言葉通り、自分を捨てる意志があるなら」
黄昏の中、その選択を迫るのは魔女ではなく悪魔に思えた。
同時に、試練を与える神様のようにも見えて。
その正体がどちらか、ぼくには判別がつかない。
分かるのは、魔女がなにかろくでもない理由を持って、ぼくに選択させている。
そこにしか救いがないということだった。
風が強まり、互いの髪が跳ね回る。帽子の奥、魔女の髪の赤みが増す。
手のひらを台座とする木の実も、今にも風に吹かれていきそうで。
決断が遅れたら、更なる後悔が迫る。
だからその実が目の前から消えてなくなる前に。
希望を摑むように、魔女の手を取った。
魔女の指は夏と関わり合わないように、少しだけ暖かい。

忘れられない温もりだった。

「どうして、ぼくにこれを？」

「魔女らしいことをするためよ」

握手を交わすようにぼくの手を握って、魔女がぼやくように言った。どこか愚痴のようにも感じられる、不思議な動機である。神秘性に欠けるというか……格好含めて、現代的な魔女だった。

手の中に、時を経て再び置かれた木の実の匂いを嗅《か》ぐ。

強い花の香りは、思い出を色濃く浮かび上がらせる。

満たされていた過去。

欠けるもののない才覚に支えられていた、黄金のような時間。

その後味がいつまでも続くような世界のために、飲みこむ。

木の実を飲んだぼくを、魔女は納得するように見届ける。

「上手くいったなら、この町を離れて二人で生きなさいな」

「うん」

藤沢は、七里の側に一人いればいい。

このままのぼくじゃなくてもいい。

七里があの畏怖《いふ》と尊敬の混じった目で、ぼくを見てくれるなら。
稲村じゃなくてもいい、その目にあるものが。
なにに変わろうと、ぼくは、ぼくだから。
魔女の見えない手に押されるように、飾りつけのような柵を越えて。
風の渦巻く校舎の下へと、躊躇なく飛び降りた。

黄昏眩《まばゆ》い緋色《ひいろ》の中、魔女が後ろ手にぼくを見下ろしていた。
ああだめだ、あんな目。
やっぱり、七里じゃないと。
魔女から伸びる頭の尖った影に突き放されて、意識は失われた。

死人死人死人死人死人死人死人

僕が腰越を突き飛ばしたのはもちろん、苛《いじ》められていたからだった。

集団ではなくあくまで腰越独りだったけれど、彼の暴力に晒されていた。なぜ僕に目をつけて殴っていたのかは分からない。ただ気に入らないことがあると足を蹴り飛ばすのは当たり前で、痣《あざ》ができると嬉しそうに笑うようなやつだった。

殴られたきっかけは僕が藤沢を目で追っていたとき、腰越と目が合ったから。

腰越もまた、教室の中で藤沢を意識していたらしかった。

或いは、それが一番の原因だったのかもしれない。

でも僕は、ただでさえおかしな夢と藤沢への恐怖に駆られていたのに腰越の具体的な暴力も加わり、色々と限界を迎えていた。だからそれに参加する前に、密かに決意していた。

野外学習の最終日、山を下る前に僕は腰越を連れだしてみんなから離れた。一度話がしたいと言ったら腰越は特に警戒もせずについてきた。僕が反抗するはずもないと思っていただろうし、またされても負けるわけがないと考えていたようだ。

でも腰越は大きな勘違いをしていた。

ここは町中ではなく、山中なのだ。

昨日の間に調べた、崖とも坂ともとれる急傾斜。そこへと突き飛ばせば、僕と腰越の力の差なんて関係ない。自然には敵《かな》うはずもないのだ。町暮らしでめったに山も経験していないであろう腰越はあっさりと、頭から崖を落ちていった。

へたりこみ、膝をつきながら、腰越の消えていった崖下を覗いて肩が揺れる。

笑うのではなく、泣いていた。

次いで、玉のような汗がぼとぼとと垂れていく。冬なのに発熱は治まらず、目眩と吐き気に翻弄《ほんろう》される。いつまでも、喜びはやってこなかった。

好き勝手に生きている性格だとはクラスのみんなが知っている。勝手な行動をとったあげく、山で行方不明になったとしてもそこまで疑われはしないだろう。

あとは何食わぬ顔でみんなの元へ、疑われない間に戻るだけだ。

そこまで分かっていても、身体は動かなくて。

崖に吸いこまれそうになって、危ういと震えていると。

「殺したのね」

その流れる汗さえ凍りつくようだった。

振り向いて、固まる。藤沢が無表情のまま立っていた。

なんで、ここに、と声が出ない。喉は驚愕に潰されていた。

「班長だから探しに来たのよ」

藤沢は表情を一切変えずに、僕の横へと並んで下を覗きこむ。目を凝らして、落下した腰越を探しているようだった。僕は既に腰が引けて、尻餅《しりもち》をつき、動けない。

「見えないわ、どこまで落ちたのかしら」

指が地面を掻くように震えて、自由が利かない。このまま藤沢と帰ったら、僕のしたことが知られて、と目の前が真っ暗に陥る。

「班員の様子がおかしいことくらい把握しているのよ、班長だから」

心にもなさそうなことを、本当に面白くないように藤沢が言う。

その藤沢の足は坂の端にあって。

真っ暗だった視界が歪む。木の葉と土が混じるように渦を描いていた。

飛びかかれば、と腰が浮きかける。

そんな僕を見透かして、藤沢が先手を打ってきた。

「言っておくけどわたしは、殺されるくらいなら殺すから」

目の動きだけで、僕を制してきた。

「このままわたしと戻れば、江ノ島君は永遠に人殺しね」

藤沢が僕を責める。いや、淡々と事実を読み上げているだけでも、痛い。僕は今更のように後悔する。身勝手に、悔やむ。なんでこんなことをしてしまったんだろうって。

後悔して身を縮《ちぢ》めていても、時は待ってくれない。

一秒ずつ過ぎていく。

明日が、僕を裁く瞬間がやってくる。

逃げたい。

ここから、逃げたい。

その心からの悲鳴に応えるように、藤沢が崖の下を指差す。

「嫌ならここで死になさい」

お前の逃げられる先はそこしかないと示すように、無慈悲に藤沢が言う。

「その度胸もないなら、首を絞めて殺してあげる」

さきほどの宣言通りの行動を、藤沢が実践する。

むしろ藤沢は、それを口実に僕を殺すつもりのようだった。

こちらの返事も聞かないまま、藤沢の手が首を掴む。

「突き飛ばして殺すようなことしなければ、あなたは死なないで済んだのに」

藤沢の目に恐怖はない。

理科の実験でも眺めるような、乾いた目つきだった。

「ねぇ、藤沢さん」

震えた声がようやくまともに出る。

藤沢は返事をせず、目線だけ僕によこす。

「僕のことは、恨んでいた？」

妹のことで。

できればそうであってほしかった。

それなら、僕にも殺される理由ができるからだ。

ただただ、逃げるだけじゃなく。

藤沢はカーテンでも開けるように、容易く言ってのける。

「もちろん嫌いだったわよ。さっさと死んで頂戴《ちょうだい》」

「んあ？」

頬が痛かった。顔を起こして頬を撫でると、小石がめりこんでいた。指に引っかけて取り、石の形にへこんだ部分を突っつく。どこだここ、と見回して山だと知った。

「あれぇ？」

「ふぅん」

声がした方を向くと、藤沢が僕を見下ろしていた。目を細めて、値踏みするように。

「藤沢？」

「……そう。それが、あなたの逃げ方なのね」

目を瞑り、肩を落とすように息を吐く。

「信じられないことだけど……確かにこれなら、罪の跡は埋まるのかもしれない」

「なんの話？」

「なんでもないわ。それより、ほら立って」

藤沢が手を伸ばしてくる。立ち上がれと美しい指先が命じるようだった。

「あ、おぅ」

藤沢の手に触れて、ちょっと、どきどきした。

でも高鳴ったのは胸じゃなく、頭の中でがんがんと別のなにかが響く。

……しかし、なんでこんなとこで僕は寝ていたんだ？

藤沢はリュックを背負い直し、遠くを見て。それから、いつものように口を開く。

「もう大丈夫みたいね。じゃあそろそろ山を下りましょうか……腰越君」

藤沢

妹はわたしに年中ひっついているような子ではなかった。外にはたくさんの友達がいたし、一人でいるときもぼうっとしながら、にこにこと笑っていた。おっとり、というか歳に似合わない落ち着きのようなものがあった。

そうした妹の性分は、落ち着いて本を読んでいたいときは助かった。

でも時折、妙な質問を持って近寄ってくるときには困ることが多かった。

「お姉《ねえ》ちゃんはどうしてお姉ちゃんなの？」

妹は本に書かれていないことばかり聞いてきた。

「どうしてって、わたしが先に生まれたからよ」

「じゃあお父さんとお母さんもお姉ちゃん？」

「そういうことじゃないのよ」

妹は丸い目の上で、首を傾げる代わりに光を揺らす。どういうこと、と目で聞かれても困る。

「血とか、そういうのがあるの」

わたしにも分からないので説明が適当になる。

「血が違ったら、お姉ちゃんはお姉ちゃんじゃない？」

「……多分ね」

「ふぅん」

妹は判断の難しい反応を見せながら去っていこうとする。

そして、離れることにほっとしかけたところで。

「あ、でもお姉ちゃん好きだよ」

「……そう」

振り向いて急に言うものだから、また、困ってしまった。

そのように、妹はやや唐突で、分かりづらい子だった。

登場も唐突だった。気づいたら妹がいて、そしてわたしは姉になっていた。いつ頃からそうなっていたのか記憶は薄く、明確に拾いあげることはできない。そういうところも含めて不思議だった。でも、生まれは覚えていなくても、喪失はいつまでも心に残る。

妹はなんてことないある日、あっさりと死んでしまった。

もちろん、お別れの挨拶なんてない。

なにもない地面で急に転んでしまったようだった。

そして痛みを抱えながら起き上がったときには、自分が別人となったように思えるほど、世界に居心地の悪さを見出《みいだ》してしまうのだった。


悪いことをしたら不幸になるというのは、間違っている。

悪事に不運が訪れるのは不幸などではなく、報いだ。

不幸というものはもっと唐突に、理不尽に訪れるものである。

少なくとも、妹は報いを受けたのではないと信じる。

葬式の最中にずっと、そんなことを思っていた。


稲村を学校の屋上に見かけたのは単なる偶然だった。一学期の試験が終わってから少し経った頃の放課後、そこに稲村の姿があった。学校の校舎が夕日を背負うように斜陽に揺らめく中、その人影が小さく起立していた。髪や制服のうっすらとした輪郭から、わたしの後ろにある剣道場を見ているのが分かる。ああ、七里を待っているのかと察した。

頭に巻いていた手拭いで顔を拭きながら、そんな稲村を見上げる。やることもないのに随分遅くまで残っているものだ。どうせ七里を待つなら同じ部に所属すればいいのでは、と他人であるわたしは考えるのだけど本人なりに事情があるのだろう。

その七里はまだ道場に残っている。さっきもわたしに負けたからか、練習が終わったのにまだ竹刀を振っている。竹刀を闇雲に振り続けて上達するものなのかは知らないけど、あれだけ努力していればわたしくらいには勝てそうなものなのに、と思う。

正直、わたしには際立った腕があるわけではない。

弱いわけでもないけど、強いと万人に評価されるほど剣に打ち込んではいない。

ただ人には相性というか、巡り合わせというか……どうにも勝てない相手というのが存外いる。呼吸の噛み合いだったり、固まった型というものが相手にとって具合いいものだったり……人柄や癖という、自然に身についてどうにも手の及ばないもの。

そういうものが、七里に辛酸《しんさん》を舐めさせているのだろう。

そんな七里を待つ稲村。一人、屋上。

木の実。

「……………………………」

丁度いいのかもしれない。

引き返してすぐに胴着から制服へ着替える。

「藤沢さん、もう帰るの？」

「ええ」

他の部員と適当に挨拶して、道場内で竹刀を振る七里を一瞥してから外へ出た。早歩きで校舎へと戻り、階段を上がる。放課後も暮れて、校内に他の生徒の姿はない。文化系の部活棟も離れているから、人と出会《でくわ》すことはなさそうだった。

三階より更に上へと続く階段を上り、屋上に続く戸を押し開けようとすると抵抗があった。鍵ではなく、扉の四隅を押しつけるような感覚。力を入れて扉を押してその正体を知る。夕風だった。

下ではほとんど感じられなかった風が屋上には有り余っている。糸筋のように首をなぞる風は少し距離のある海を含んだように湿る。部活動のあとでやや火照った肌にはそれが優しさに感じられた。

稲村は入り口に背を向けて立ち惚けている。まだわたしには気づいていなかった。

扉を開ける音が風に混じって聞き取れなかったようだ。

足音を潜めるよう意識しながら歩み寄る。

気づかないようなら、そのまま。

けれどふと振り返った稲村と目が合ってしまい、「なじぇ？」と顔をしかめてきた。

期待はずれだったようだ。

「七里じゃなくて申し訳ないわね」

心にもない謝罪をこぼしながら近寄る。

七里ほど直接的ではないけれど、稲村もわたしを嫌っていることには気づいていた。

七里の関心がわたしに向くことが気に入らないのだろう。こちらとしては心からどうでもいい事情で一方的に嫌われるというのは愉快ではない。

まぁ、好かれる性格でないことぐらいは自覚しているけれど。

「なんか用？」

屋上の端に立つ稲村が首を傾げる。わたしは返事の間を置いてやや後方に立つ。

端に近寄りすぎると、下からわたしが見えてしまう。

「夕涼み」

「あらそう。部活は？」

「終わったわよ」

「あらそーぅ」

それを聞いた稲村はすぐに道場へ向かおうとする。

でもまだ、帰ってもらっては困る。

「待っているだけじゃ退屈でしょう。剣道部、入ったら？　部長も喜ぶわよ」

部長は七里だ。仕切り屋な彼女には似合いの立場である。

その名前を出して、稲村の足を留まらせた。

「そういうのも悪くないと思うんだけどね、こう胸に燃《も》え上がるものがないというか」

「才能が尽きたのを知られるのが怖いと」

わたしの見立てをぶつける。普段の行動に潜むものを感じ取れば、今の彼女には余裕などなく、虚栄に過ぎないと看破することは容易い。ただ近くにいるはずの七里はまだそれに気づいていないみたいだった。必要以上におどけることで覆い隠しているのだろう。図星だったのか、稲村は冷めきった目でわたしを見つめる。

「よく分かってるじゃないか」

「人を眺めるのが趣味なのよ」

あながち嘘でもなかった。他に興味のあるものがないので、人ばかり見ている。

「七里に知られるのが嫌なら黙っていてあげる」

「お前の言うことなんか七里が信用するもんか」

一理あった。どっちみち、そんなこと自体はどうでもいい。稲村の足が止まり、注意が少しでも乱れるなら、それでいい。

一応、遠回しに確認してみる。

「ねぇ」

「あー？」

「もう一度、幸せだった頃に戻れるとしたら……戻りたい？」

妙な質問とでも受け取ったのか、稲村の大人しい顔つきに怪訝《けげん》が混じる。

「戻れるもんならね」

はん、と鼻から馬鹿にするように稲村が虚勢を張って笑う。

よしよし。

ご希望ならこっちとしても都合がいい。

稲村の位置と、空の位置。二つを確かめて、ひっそりと回りこむ。

深呼吸して、海の微かな匂いを嗅ぎ取ってから。

「それなら一度、生まれ変わってみるといいわ」

こんな風にすればよかったかな、と江ノ島を思い出しながらその背中を押した。

「え?」

押された稲村は風に乗って、軽やかに足を踏み外す。

不意を突かれた稲村の不安定な姿に、哀愁を覚える。

わたしなんかにやられるようなら、本当に頭打ちらしい。

あんなに素晴《すば》らしく輝いていたのに。

「ごめんなさいね。命がたくさんあるなら自分でやるのだけど」

ないのだから、自分で飛び降りろと言われると困ってしまう。

カラフルなチラシのように落下していく稲村を見届ける。

「あなたは、」


あなたは、なにを願う?

たとえば剣玉は玉があるからこそ剣玉なわけで、失ってしまったらそれを剣玉と呼ぶのだろうか。いつの日からか姉となり、そして妹を失ったわたしは今、姉だろうか。

一度は与えられた役割を引き剝がされて、剝きだしのまま生きるのは空虚で。

それを取り戻すために、わたしは躊躇わない。

死亡してから数日後、稲村は問題なく生き返った。ただ今までと異なり復活するまでにやや長めの時間が空いたので、焦らすなと思っていた。でもあとで考えてみると葬儀の最中に蘇るというのは劇的で、センセーショナルで、なるほどと納得できる。

火葬場で燃え上がっているときに蘇ったらどうしようと心配してしまった。

それとも、燃えて灰の中から蘇る方がより劇的だったろうか。

そのまま稲村は神童として世間に注目されて、騒がれる。

それが、稲村が望んだ命の在り方かはまだ分からない。

ただ、わたしの求めるものではあった。

死地から帰還した女子高生、稲村の存在は全国的に広まり、これなら俗世に疎い山奥の魔女も耳にする機会があるだろう、いやなくては困る。そのために稲村に復活劇の役割を任せたのだ。あとは魔女の来訪を待つだけだった。

だれの元にやってくるか分からないので、全員をそれとなく見張る必要がある。

必ず、接触してくるはずだ。

「…………一人殺して始めたのだ。…………」

あとはもう止まらず、走り抜けるだけだった。

団地の六階にわたしの家はある。家の中は狭いけれど、高さは気に入っていた。住んでいるのはわたしと両親だけで、中学生までは自分の部屋というものがなかった。高校生になると家具を移動し、小さな部屋を無理に作ってくれた。

狭苦しいけれど、窓があるだけでも大分救われるようだった。

妹がもし生きていたら、もっと狭く、そして賑やかになっていただろう。

その部屋の扉が、帰ったら開いていた。閉めたはずだし、部屋の掃除は自分でやっている。独りでに開くはずのない扉が異変を知らせているのは、やった者の故意なのか。

血の気が引き、鳥肌がぽつぽつと立つ。

玄関の戸を意識しないで開けたので、音でこちらの存在は知られているだろう。まだ、中にいればだけど。引き返して武器になりそうなものはないかと棚を開けると、靴べらがあった。靴べらか……。先端を指で弾《はじ》く。ないよりはいいか。

靴べらと鞄を構えて、部屋の中をそうっと覗く。

すぐに中にいた人と目が合った。

「…………」

引っ込む機会を逸する。

「こんにちは」

赤い帽子の魔女が窓際に座りこんでいた。驚きは、した。

けれどそれは隠しきれないほどではなかったように思う。まず机に鞄を置いて、それからもう一度魔女を見る。魔女は三角帽子を人差し指で回しながらわたしを待っていた。

「夏場は窓の開いているところが多くて助かるわ」

言葉通り、魔女の背後にある窓は開いていた。窓の向こうに足場はなく、子供が適当に塗りたくったような青空しかない。雲がなく、凹凸《おうとつ》が感じられない。

「ここ六階よ」

「もちろん箒《ほうき》に乗って飛んできました」

手ぶらの魔女が人の部屋に下りる。土足で。土汚れの酷いスニーカーがカーペットを踏む。野外学習の山の情景を思い起こす。あそこから歩いてきたのだとしたら、魔女の体力は侮《あなど》りがたい。魔力は知らない。

以前に出会ったときから、格好が夏に適応している。変わらないのはその容姿と、赤い帽子だけだった。前言撤回《ぜんげんてっかい》。八年経っても外見が変わらないのは、明らか魔力だ。

「……取りあえず靴脱ぎなさいよ」

「あ、失敬」

魔女は素直に従い、靴を脱いで裸足になる。指先が小ぶりだった。

「玄関に置いてきていい？」

「靴の主がだれか家族に聞かれたらどうするの」

「新しい家族よって」

「いらない」

拒否したら渋々、靴を裏返して床に置いた。表も汚いけど、まぁ妥協しよう。

「玄関の鍵はどうしたの」

「魔法の道具を使ったわ」

魔女が懐《ふところ》からなにかを取りだし、放ってくる。工具のようなものが束になっていた。

「なにこれ」

「鍵を開ける魔法がかかっているの」

「……魔女って、泥棒《どろぼう》の隠語？」

空き巣の使っているような道具に呆れる。魔女なんて収入源なさそうだし、じゃあどうやって生きているのかと考えればこういうものに行き着くのかもしれない。

魔女辞めたら？と言いたくなる。

魔女はクッションを勝手に用意して座る。小さく立てた膝を抱えて体育座りだった。ごく自然にそうした仕草をとるので、年齢と正体の不可解さに幼さが混じる。いくつもの要素が混然として、かえって矛盾したものを感じる。

こちらは布団の端に座る。危害を加えてくる様子はないけれど、距離は少し空けた。

「ところで、なんで靴べら持ってるの？」

握りしめている靴べらに疑問を呈する。

「魔女を退治するためよ」

「そんなのより除草剤とかの方が効くわよ多分」

「それは初耳ね」

どうでもいい知識が増えた。靴べらを置いて、指を開閉する。

「しかしまた唐突に現れたわ」

　予想よりはずっと迅速な対応だった。稲村の蘇生が報道されてから、こんなに日数を空けないで来るなんて。

「嘘吐いて。私のことを待っていたんでしょう？」

　放り返した空き巣道具を摑みながら、魔女がわたしの魂胆を見透かす。

「あの稲村という子が有名になれば、私は必然出てくるしかなかった。なぜか。私という魔女の存在を公にされるかもしれないからだ。……こんな風に考えて実行したのよね、酷い子」

「ああ、あなた本当に魔女だったの」

　敢えてとぼけて、注目すべき箇所をずらす。勝手に魔女と認識していたけど、自称しているのは初耳だ。これからは心置きなく魔女扱いできる。

「私からすれば、目的のために手段を選ばないあなたこそ魔女ね」

「待って待って。さっきからわたしがなにをしたというの」

「あなたが殺したんでしょう？　稲村って子を」

　正解なのだけど、なぜそこまで見抜けているのか。興味が湧いた。

　魔女はわたしを指差し、予言のように語る。

「一目見たときから分かってたわ。あなたはやるやつだって」

まるで事件が起きたあとの、近所のAさんみたいなことを言いだした。

大人しい子でしたけどー、そんなことやるなんてー、みたいな。

……あ、逆か。

いつかやると思ってましたーか。そんなことをテレビで言っていたら、止めろよ、と視聴者に突っ込まれそうだ。……脱線した。

「実は魔女らしく千里眼なのよ」

「へー」

「まぁあなたがお友達の首絞めて殺すのを見ていたから」

「ああ見てたの……」

それは危なかった。他の目撃者だったら、始末しないといけなかったし。

「あのときのあなたはなかなかの魔女っぷりだったわ」

「友達じゃないけどね、相手」

千里眼は曇ったガラス玉以下の見通しみたいだ。

魔女に、魔女と認められる。

だからといって部屋に伸びた影がわざとらしく濃くなるとか、そういうこともなかった。それよりも、この狭い部屋に二人でいるといつもよりずっと暑苦しいことを知る。

「この外道《げどう》、鬼」

うるさい。

「方法を選んで夢が叶うような器量、わたしにはないのよ」

「そーぉ？　なかなかの器量よしだと思うわ」

「ありがとう。そもそもあなたと簡単に連絡がとれたら回りくどいことなんてしなくて済んだわけで」

これだから、自宅に電話も引いていない魔女は困る。

「携帯電話があればねぇ」

「けいたい、電話？」

分かるようでパッと身近に出てこない言葉だった。魔女が目を丸くする。

「知らないの？　携帯電話。外でも使える電話のことよ。まだ一般的に普及しているわけではないけれど、いずれみんな持つようになると思うわ。便利そうだもの」

魔女は私より現代文明に精通しているようだ。学ぶ時間がより多くあるというわけで、つまるところ暇なのだろう。近所のうろうろしているおじさんと変わらない。

「外でも電話、ねぇ。そんなに話すことあるの？」

それにそんなことができたら、どこにいるかということの嘘も吐けなくなる。

行動が縛られるように思った。

「事故に遭ったときもすぐ連絡をとって安否を確認できたり……ほら便利でしょ」

「それは困るわね。逃げる時間がとりづらい」

この犯罪者め、と魔女に批難される。人の部屋に勝手に入るのも犯罪だ。

振り向いて机の引き出しを開けて、赤い木の実を取りだす。

「この木の実が命になるのよね」

「あら、まだ持っていたの」

魔女の微笑は健在で、驚く様子もない。あのとき、木の実を食べたふりをしたのは察していたようだった。口に入れたけど噛まないでとっておいたのだ。

木の実は歳月を経ても依然、赤々としている。色艶にまるで変化はなかった。

目の前の魔女のように。

「あのとき、どうして食べなかったの？」

「こんな汚そうな木の実をその場で食べる方がどうかしている」

魔女が苦笑する。

「現代っ子ね……」

「それに……」

言葉が淀んでしまう。ちょっと、本人を前にしては言いづらい。

やったことが、やったことだけに。

魔女に人工呼吸を試みたとき、口の中になにかがあることに気づいた。わたしはそれを舌の先で、喉の奥へと押しこんでやった。結果、魔女は意識を取り戻した。

思えばあのとき、舌で触れたものはこの木の実だったのだ。

「あなた、この木の実で何回も生き返っているの？」

「生き返っている……んー。どうかなー」

魔女がしっくりこないとばかりに首を捻る。表現に不服があるようだった。

わたしはそうした魔女に向けて、木の実の効果を語る。

「死後の経過を見て確信したの。この木の実でもたらされた命は、食べた人間を作り替える。死ぬ前に望んでいた自分にしてしまうのよ」

江ノ島が腰越の外見と、記憶を装って生まれ変わったように。

自らの罪を覆い隠すために。

「そうなんだけどぉ」

「どこか間違いが？」

言葉尻がはっきりしないので追及すると、「そうね」と人差し指を回す。

「消費する順番が違うのね」

「順番？」

「まず死んで、順当に命というものが失われて……その次に、種」

魔女が帽子から木の実を取りだし、指の間に摘んで掲げる。いつかに覚えのある仕草。そして魔女は躊躇いなく、その木の実を圧砕する。

ちなみに、木の実の色は茶色だった。まったく別の実のようだ。

「身代わりに砕け散ってはくれないの。あくまでも次の命になるのがこの種」

「……そして、勝手に死人を作り替える」

「種は地面の養分を取りこんですくすくと成長するのよ」

砕けた木の実をぱっぱと払って……こら、床に捨てるな。わたしの部屋だぞ。

「そしてより綺麗な花を咲かせようとする。……当然の働きなのよ、それは」

「……綺麗なあなたが言うと、説得力あるわね」

「まあ」

お世辞を受け取った魔女はほんのりと頰を染める。多分、息でも止めたのだろう。

そう、最初は本人の命ね。

つまりわたしは、言い逃れできない人殺しということだ。

でもそれはこの際気にしない。

罪というのは裁く者がいなければ単なる事実でしかない。

人を殺したことを悔やむかどうかは、まさに人それぞれだ。

「生き返ったのではなく、生まれ変わるという方が適切みたいね」

「そういうことよ」

さきほどは言葉に詰まっていた魔女が頷く。

つまり、今の稲村たちを支配しているのはあの木の実。意志はどちらのものだろう。

気になるけれど、自分で死んで試すには木の実が足りなかった。

「別にね、そういう話を聞きたかったわけじゃないの。いえ、まぁ聞きたいことはあるけれど」

ようやく、魔女に本題を切りだせる。

予習、復習を経てやっと。

「妹を生き返らせて」

魔女が目をぱちくりとさせる。とぼけた態度が気に食わなくて睨むと、体育座りを固めてから口を膝に埋《うず》める。そのままくぐもった声で答えた。

「無茶言わないで頂戴な。わたしにはなんの力もないのよ。木の実が特別なだけ」

「箒で六階まで飛んできたんでしょう？」

「嘘でーす」

認めるなよと、言ってやりたかった。口だけの魔女は肩身狭そうに更に俯く。

「だからあのときも本当に危なかったの。木の実を食べる前に力尽きて……あなたが助けてくれなかったら終わりだったでしょうね」

事実を告げるだけの淡々とした口調で、まるで感謝していない口ぶりだった。

本当は死にたかったのだろうか。だとしたら余計なことをしてしまった。

喉笛蹴っておけばよかった。

「命の恩人になんの借りも返さないつもり？」

「え、木の実あげたでしょう？」

「これ、あなたの所有物なの？」

口ぶりからするに栽培もしていそうもないのに、まさか最初に見つけたからと所有権を主張するつもりなのか。山には地主さんが……でもそういう制度とかと関係するずっと前に生まれ育っていても不思議じゃないなと気づく。

「結局、あなたは無力なのね」

「はい」

素直な魔女などただ気味が悪いだけの役立たずだ。

「じゃあもう、あなたに用事なんかないわ」

使えない魔女など側にいても不吉なだけだ。帰れ帰れと手を振る。

開いた窓から帰れ。

「掃除道具を貸してもらえる？」

魔女が用事あるよとばかりに要求する。今までと異なり殊勝な態度だった。

「そうね、土汚れくらいは取ってもらわないと、」

「今日からしばらく泊まる部屋だもの。掃除くらいやらせて」

「……は？」

旅行鞄と魔女帽子を部屋の隅に置いて、魔女が人懐っこく微笑む。

「すぐに帰るわけにいかないでしょう。テレビに出ている子も放置しておけないし。

あとここがなんだか気に入ったの」

「最後のは理由になっていないわ」

「人家で寝泊まりするのも久しぶりね。頃合いを見てお風呂借りるから」

「帰れ」

うちは下宿屋じゃない。

しかし魔女はまったく意に介さない様子で、雑巾《ぞうきん》を取りに行ってしまうのだった。

「……なんで？」

うきうきな足取りの魔女は本格的に居着くつもりのようだ。

どうして、こうなった。


半分ぐらいは冗談で帰るだろうと思っていたのに、魔女は夜になっても人の部屋でくつろいでいる。今まで使ってこなかった扇風機の首振り機能がぐんぐん働いていた。

「あー、お風呂っていいわー」

陸《おか》に上がったクラゲのように魔女が潰れている。湯上がりでほっかほかだ。

シャツ一枚で下半身は下着だけだった。くつろぎすぎだろう。

それと、濡れていると髪の赤みが強まるように見えた。

「明日になったら出ていくのよ」

この不審者無職《むしょく》魔女め。一日だけでも泊めるあたり、わたしも甘い。

ちなみに魔女が入浴するのは二度目だ。一度目は来てすぐに入った。

一体、どれほど入っていなかったのか。風呂に入ったら湯船が変色していた。

さすがに今回はヘドロが流れ出すようなことはなかったみたいだけど。

「お風呂掃除二回もしたわよ。えらい？」

寝転びながら頭の湧いたことを言ってくる。いくら風呂上がりとはいえ、お脳が温かすぎるだろう、とにっこりする。魔女は嬉しそうににっこりした。殴りたい。

「山下りで疲れたし、今日は早めに寝ようかな」

「そう。あなたの寝る場所はここよ」

部屋に隣接する小さな押し入れを提供する。意外にも魔女は目を輝かせた。

「知ってるわ。これド〇〇んってやつよね」

「嬉しがってくれるなら提供したかいがあるわ」

押しこめる。「せま、せまっ」と手足を畳んで丸まりながら魔女が苦戦する。

「風邪《かぜ》引くといけないからタオルケットもどうぞ」

追撃する。タオルケットを押しこんで、更に隙間を埋めてあげた。

「あづい」

「おやすみ」

さっさと消灯して布団に入った。外からつっかえ棒でもしてやろうかと思ったけど、多少の温情が働く。中で蒸されて死んでもらっても困るし。

すんなり上手くいかないな、と嘆きながら目を瞑る。

魔女に会えば解決すると思ったのに、問題を抱えただけだった。

「ねぇねぇ」

押し入れから声が聞こえる。怖い妖怪だ、相手しないようにしよう。

「あのとき、私を助けた理由が聞きたかったの。だからあなたのところに来たの」

背中でその声を聞き、寝返りは打たない。寝たふりをする。

「あなたって到底、人助けをする性分ではなさそうだし」

大きなお世話だ。

「悪人面だし」

そうでもないって。

「……寝たの？」

寝たの、と口の中で返事する。

「バーカ、アホ、ドジ、ケチ」

今日日、小学生でもそんなレベルじゃない。一体、何時代の生まれなんだろう。

それはそれとして、宿を提供した恩人になんて言いぐさだ。特にケチがむかつく。

「これだけ騒いで寝ていられるはずがないわ。タヌキ寝入りはおよしなさい」

飛び起きて殴りかかりに行くか、ちょっと迷った。

でもあまり騒ぐと両親が不審に思いそうなので、やむなくただ寝返りを打つ。

魔女の鳶色《とびいろ》の瞳が、夜の中に浮かんでいた。

茂みに潜む獣《けもの》と目が合ったようだった。

「静かにしてくれない？　あなたがいると知られたら困るの」

「さっきの質問に答えてくれたら今晩は大人しく寝るわ」

今晩もなにも次晩などない。そんな日本語もない。と思う。

布団の中で足を伸ばし、溜息を吐く。こんな魔女を呼び寄せて、わたしの選択は本当に正しかったのかと今更、不安しかなかった。

「……困っている人を放っておけない人間だったから」

せっかく素直に答えたのに、魔女の目は訝しんでいた。

「うっそくさ」

「嘘じゃない」

無論、自分のために。

布団を肩までかぶる。目を瞑り、息を潜める。

「おやすみ」

「……………………」

無視した。

あの頃のわたしは天国に行くことを夢見ていた。

だから極力大人しくしていたし、人助けは率先してこなした。

そうすれば天国に行って、妹にまた出会えると思っていたからだ。

慣れていく。

父さんだって、わたしの祖父ちゃん、つまり自分の父親を亡くしたときは酷く悲しんでいた。大人があれだけ泣くのを初めて見たというくらい、葬式の最中に泣き崩れたのを見ていた。でも今は普通に笑うし、怒るし、めったに泣かない。

妹のことだってそうだ。父さんも母さんも元気にやっている。

人はたくさんのことを忘れていけるし乗り越えられるし適応していける。

わたしは忘れたら生きていけないので、適応力なんてあっては困るのだった。

あの妹の姉であることは、忘れられない。

学校へ行く準備をしていたら、急に押し入れが開いてビックリした。転がってきたのを見て、ああいたいたとなった。魔女がタオルケットと一緒に転げ落ちていた。ちゃんと受け身はとっていたので、起きてはいるのだろう。

「おはよう」

「さっさと出ていきなさい」

さっさと朝の挨拶を済ませる。髪を手で梳きながら、魔女が目をぱちくりとさせた。

「学校？　夏休みは？」

「来週から」

赤い実が引き出しにあることを確認してから閉じる。それと、釘《くぎ》を刺しておく。

「取らないでよ」

「一度上げたものを返せなんて言わないわよ」

赤い実は何年経っても腐る気配《けはい》がない。そもそもこれは本当に実なのか。謎の生き物の卵かもしれない。

どっちもなにかを生みだすものとしては大差なかった。

「それより、行ってらっしゃい」

「あなたも行って」

無駄だろうと思いつつ、あっち行けと伝えて家を出た。

魔女が期待はずれだった以上、別の手を考えないといけない。

歩きながら、景色も目に入らないまま思索に耽る。

わたしの手もとに残した木の実、これが鍵を握っているのは間違いない。わたしには他に常識を打ち砕くようなものはなかった。非常識の種を開花させないといけない。でも魔女が予定より役に立ちそうもないので、もう一つの方法に頼らざるを得ない。

木の実は人を生まれ変わらせる。

それならばわたしの妹のようになりたいと思わせてから死んでもらったら、どうか。数年前からの思いつきに、ざぁっと。血が巡る。その緩急《かんきゅう》と温度差に鳥肌が立った。

まったくの別人に生まれ変わることができるかというと、答えはイエスだ。記憶も外見も改竄《かいざん》できるのは把握していた。なんなら、骨格すら変化してしまう。

それがわたしの本当の妹かというと、違うだろう。

でも死んだ人間をそっくりそのまま生き返らせるなんて、相当に無理がある。どこかで妥協する必要があった。身も心も妹と成り果てたなら、それは死去した妹と区別がつかないように思える。その先になにがあるのか、見届けるには十分かもしれない。

稲村は既に一度死んでいる。残っているのは七里だけだ。

「……難度高いな」

七里はわたしのことを嫌っているし。そもそも、妹になりたいと思わせるというのが荒唐無稽《こうとうむけい》というか、絵に描《か》いた餅というか、描けないよというか。七里はわたしに妹がいることも知らないくらいだ。多分。一体どこから手をつければいいのか。

「………………」

ただ、稲村が不在である今が勝負になりそうだった。

だからすぐにでも行動に移す。

「七里さん」

放課後、稲村がいないために早々に帰ってしまいそうな七里を捕まえる。七里は声をかけてきた相手がわたしであることに、まず肩をびくりとさせた。そうして驚いたあと、訝しむように目を細める。

「……なに？」

たっぷりと、疑念を念頭に置いての対応だった。手強《てごわ》いな、と内心で笑う。

「部活は？」

「今日は休む」

今日も、でしょうと内心で呟く。とはいえ細かいことの揚げ足取りで機嫌を損ねるわけにもいかない。一緒に帰ろうと誘ってみると、最初は当然断ってきた。ここまで堂々と拒否できるなんて、大した度胸だと思う。人間関係をきっちりしているのだ。

　でも行こう行こうと押し続けると、対処しきれなくて流される。

　案外押しに弱いのは同じ部活動の中で把握済みだった。

　隣を歩きながら、稲村を突き落としたのがわたしだと知ったら、どんな反応を示すだろうと考える。首でも絞めてくるだろうか。とにかく、知られたら終わりだ。

　こうして嫌々そうにしながらも一緒にいるということは、稲村自身からはまだ告げられていないらしい。魔女の言うけいたい電話なんてものがあったら、すぐに連絡をとられてしまう。

　やっぱり、あんなものは邪魔だ。

　その稲村を引き合いに出してからかうと、七里は顔を真っ赤にして恥じる。野外学習のとき、偶然に目撃した場面が今になって役に立つとは思わなかった。人生というのは、案外無駄がない。

　ここからいっそ、更に強引に行ってみるかと方向を定める。

　なにしろ時間がない。短期で成果を上げるには、賭《か》けに出なければいけない。

　藤沢はわたしを意識はしている。嫌悪の方向で。

その行き先を少し変えてしまえば、ころっと横転して上手くいく、かも。

そんな考えから、一歩踏みこんで唇を押しつけてみた。

これくらいやれば、嫌悪どころじゃなくなるだろう。

頭の中をめちゃくちゃにしてやる。

完全に予想外だったらしく、抵抗もなく唇は重なった。

遅れて飛び退いた七里は、瞳が疑問符の形を描くように曲がり、この世のすべてを疑うような気持ちの中で常識の破壊されていく音を聞いただろう。

「はぁぁぁぁぁ？」

耳まで充血させて、指先はわなわなと震えていた。で、怒鳴ってくる。

「この、ちょっと、この、その、変態！」

「あら随分な言い方ね。それなら稲村さんも変態なの？」

「それは！　そう、かもだけど！」

否定しないのかよ、と笑ってしまう。

いい反応を頂戴したので、一度引くことにする。そそくさと挨拶して逃げた。

追ってこないことを確かめてから、唇の先に触れる。

「こんなところかしら」

これで七里はわたしをより特別な目で見ることになる。それを積み重ねて、意識を膨《ふく》れあがらせたところに妹の話をして、なんとか誘導していければ……いいな。

自信はない。でも、一歩前進だと思いたい。

「……恋愛の駆け引きなんて経験ないから……次どうしよう」

学校で余裕ぶって接して、惑わしてみるか。……楽しそうだ。

きっと、わたしの予想もつかない、面白いものを見せてくれるだろうし。

知らないことは楽しい。

知ることは、一層楽しい。

本ばかり読んでいた子供の頃を思い出しながら帰宅する。

「おかえり」

「……出ていけと言って、出ていくなんて思ってなかったけどね」

魔女は屋内でも帽子を斜にかぶり、右足をやや前に出してポーズを決めながらわたしを出迎えた。わたしじゃなくて親が帰ってきたのならどうするつもりだったのか。

このあたりでそろそろ確信したのだけど、この魔女は賢人《けんじん》の如き外面を持つ馬鹿のようだった。長きに亘《わた》って生きているとしたら、それも納得である。

「なにかいいことあった？」

帽子のツバの傾きを調整しながら、変なことを聞いてくる。

「なんの話？」

「笑っているもの」

指摘されて、まじかよと内心驚く。

「……別に。なんてことない」

そんな隙のある感情を晒したことを恥じて、心を硬くする。

もっと、冷たくならないと。

狭い廊下に上がると魔女がまとわりつくように追いかけてくる。

「なんでも話してくれていいのよ」

「親切ぶる魔女には当然、善意の欠片もない。単に居《い》候《そうろう》の立場を確保するために善人ぶっているだけだった」

「ひでぇ」

「あなたわたしの姉さんじゃないでしょう。べたべたしたのはいらないわ」

突っぱねると、魔女は廊下に立ったまま腕組みする。

上から下へ、なにかを目で追うように頭を振って。

「姉さんかぁ」

吟味《ぎんみ》するように呟く。

「そういうのもいいわね」

魔女は帽子の向こうで、童子のように屈託なく笑うのだった。


「あなたって何年前から生きてるの？」

死んでは木の実で生まれ変わっていたのなら、外見は年齢として信用できない。この日本史の教科書に付属されている年表のどこかから、その生命は始まっているのかもしれない。

魔女は風呂上がりの足裏の指圧を中断して顔を上げる。

「見た目は二十歳くらいだと思う」

「話す気がないならいいわ」

教科書を閉じた。魔女は屈伸運動を始める。そのついでに答え直した。

「千二百才くらい、かなぁ」

魔女も自信がないようで語気が弱い。

「昔のことなんてもう曖昧すぎて……死ぬ前の記憶は信じないことにしているの」

無理になんでも思い出そうとすると人格崩壊するし、と経験者は語る。

忘れないようにと生きているわたしとは正反対だ。

生きてきたことをなかったことにしながら、それでも人生を続けるなんて。

一体、どんな意味があるんだろう。

「生きるの楽しい？」

「一度も思ったことないわ」

「ふぅん」

それなら、世界一不幸な女かもしれない。

そんな不幸な女の一日に興味が湧く。

「あなた、日中なにしてるの？」

「町を観光しているわ。山暮らしには刺激的なものばかりよ」

「……あ、そ」

楽しそうじゃないか。この魔女、死ぬ前どころか五秒前の発言も信用できないらしい。

「それとテレビを確認しているわ。あの子が余計なこと言いだしたら困るなぁって」

そのあたりはわたしも同じだった。神性が薄れるからまずないだろうけど、野外学習の話やわたしたちの名前を表に出されると問題になる。稲村、なかなかに邪魔だ。

「でも羨ましいわ、暇そうで」

「暇なくらいでいいの。目的なんかあったらむしろ、何百年と生きられないものよ」

皮肉も通じない魔女の忠告は、こちらにそこまでの年数を生きる予定はないので参考にならない。

魔女にとっては、生きることそのものが目的のようだった。

考えて行動するということを、既に放棄しているのかもしれない。

「わたしたちに、どうしてあの木の実を与えたの？」

酔狂という返答もあり得るけれど、聞いてはみたくなる。

「お礼だって言葉に嘘はないつもりだけど」

前屈して足の指を摑みながら魔女が言う。お礼ねぇ。

「あなたを助けたのはわたしだけよ」

他の連中は突っ立っているだけでなんの役にも立たなかった。

……ああ、立ったか。

わたしが人助けをしたということの証人になってもらうつもりで呼んだのだし。

「実を独り占めしたかったの？」

「そういうことじゃないわ」

微妙に質問をはぐらかされていた。思うところがあるのか、語るところがないのか。

どっちにしても、話す気がないならまぁいいわと流せるくらいの興味だった。

魔女は最後に開脚と、肘伸ばしを丁寧にこなしてストレッチを終える。

「随分と熱心ね」

「ストレッチしておかないと、朝起きたときに身体を痛めちゃうもので」

「へぇ、そうなのー」

押し入れに閉じ込められるというおよそ無益に思える行為の中でも学習していくあたり、人間の前向きさを尊敬せずにはいられない。わけがない。

「おやすみ」

「ほんと寝るの早いわね……」

体操を済ませると、さっさと押し入れに入ってしまう。

「早寝早起き。立派な年寄りだこと」

少しして、押し入れから寝言が聞こえる。

「イカの刺身とか食べたい」

「いやに具体的な寝言ね」

「オクトパース」

冗談かと思って、少し続きを待ってみる。

やがて魔女の安らかな寝息が聞こえてきた。

脱力して、わたしも寝てしまおうと布団に入る。

その日は妹の夢を見た。砂場で遊んでいる夢だった。

一緒に遊ぶのではなく、ただその様子を眺めているだけだった。


別段、スーパーに用事があったわけではないのだけど、表から七里の姿を見つけて、喜んでいるわたしがいた。バイトしているんだ、と足がそちらへ向かう。

もちろんそれは、妹の復活に近づくからであって、他に理由なんてない。

「……そうとも」

情なんて移らないようにしないと。いずれ殺さないといけないし。

もっとも情があったら殺せないような、繊細さは持ち合わせていないと思うけど。

なにか持っていかないとレジに向かえないので、イカの刺身を取り、レジへ向かった。昨日の寝言の印象が残っていたみたいだ。買い物籠に、イカ一つ。

女子高生の買い物にしては少々シュールかもしれない。

レジで向かい合うと、同い歳の店員さんは接客業にあるまじき露骨な表情で出迎えてくれるのだった。それでも一応、他所のレジに行けとは言わないで仕事はする。まじめな部長殿らしかった。

会計を待っている間、子供連れの母親や独りで買い物を済ませるお爺《じい》さんを眺める。ぼんやりと目の焦点を合わせないでいると、大人たちの間から思い出がこぼれた。

なにを見ているのか、と七里が目で問う。

「妹と来たな、って思っただけ」

その言葉に嘘はなかった。妹と手を繋いで、母に頼まれたものを探しに店内を巡った。自分の足で探して買った方が早いに決まっているのに、まぁ、レクリエーションだった。

そんな話を振って、妹の存在を軽く意識させる。今はまだ軽いもので、でもいずれ無視できなくなるくらいになる……といいのだけど。そのための布石として、また七里とキスを交わす。油断した一瞬を見逃さずに成功するとしてやったりという気持ちになって、なんだか楽しくなってくる。そのあとの七里もなかなか面白いし。

七里を一通りからかってからイカを片手にスーパーを出た。

日陰から出る前に、なにも摑んでいない左手を、ぼうっと見る。

感傷に浸りかけたところで、その手を微風と共にかっさらわれる。

魔女だった。

「これこそ寂しさを埋める魔法、なんてどう？」

隣に並んで、得意げに笑う。

「うわ、本当に町中にいた」

しかも魔女の帽子までしっかり頭に乗っかっているので、目立つ目立つ。

「どうどう、寂しさ埋める魔法」

こっぱずかしい発言について、しつこく感想をねだってくる。

「凄いですね」

「心の隙間をお埋め」

「さっさと離れるわよ」

七里に見つかったら面倒だ。手を引っ張るようにしてずんずか歩く。

「なに買ったの？」

早歩きの最中、薄っぺらいスーパーの袋を覗いてくる。

「わぁ、オクトパース」

オクトパスはあんたの頭だ。

「私への差し入れ？」

「差し入れってなにかしてる人にするものじゃないの？」

あいたー、とまったくダメージを受けていない魔女が仰け反る。

「じゃあお礼にどうです、デートでも」

「イカの刺身抱えて？」

じゃあの使い方がわたしと似ていた。強引な、と顔をしかめる。

魔女はにこにこと無邪気に笑いながら、真っ直ぐわたしを連れて、連れて、こら危ないと咄嗟に思いっきり引っ張る。赤信号の歩道を渡ろうとした魔女がわたしに寄りかかり、帽子のツバが顔を不愉快に覆った。

「おっとっと」

魔女が危機感なくびっくりする。

わたしはともかく、信号は気にしろと言いたい。

「これだから車の走らない山暮らしは……」

「手を繋いでいてよかったわ」

「よくない。巻きこまれたら嫌だもの」

轢かれるなら勝手に……と言いかけて、吐き気を催して遮られる。

妹が轢かれたときの、妹の『その後』を思い出してしまった。

「助けられたわね」

魔女が嬉しそうに礼を述べる。

「お礼にどうです、デートでも」

「……イカの刺身抱えて？」

「ご一緒に」

青信号に変わると、あどけなく肩を揺らす魔女が一歩先行する。そのままイカの切り身を片手に古き町で踊るように時を刻む。それと手を繋いで付き合わされるわたしは、どこからどこまでが現実か悩ましかった。


その日は本屋でも、カフェでも七里とキスをした。

本屋はともかく、カフェはしなければまずいと思った。

店内に入ってから、表には出さないけど目を白黒しそうになった。

魔女が座っていたからだ。入り口近くの席で、百円玉を積んでゲームに熱中している。帽子をかぶっていないし、俯いて表情は確認しづらかったので七里は気づかなかったみたいだけど、こっちとしてはアホ、と怒鳴りたかった。

お互いを認識したら面倒くさいことになりそうだった。

ので、ここまでより一層、七里をわたしに夢中にさせておく必要があった。

そうしてから、妹の話題をやや強めに切りだす。

思惑通り、七里は怒った。わたしの計算通りに、嫉妬した。

話している間に、自分がどんどんと酷い人間になっているのを感じる。

本心を知ればきっと、だれもわたしを許さないだろう。

支払いを済ませてカフェを出る際、「アホ」とその背中に言ってやった。

魔女はようやく気づいたように振り返って、「見て見てハイスコア」と嬉しそうに画面を指す。「タコ」と付け足して七里を追った。怒る七里をなだめつつ、手を繋ぎ、じゃれ合う。七里はどんなレベルの争いでもわたしに張り合おうとする。

いささか楽しい。

でも楽しいことは大体、長続きしない。

今回もそうだった。

稲村が現れたことで、わたしと七里の間にあるものは崩れる。

ここでの登場は微かな不意打ちだった。ここで来るかぁ、と内心舌打ちしていた。

案の定、わたしが稲村を突き落としたことが露見して目論見《もくろみ》はご破算となる。殺しただのなんだの、往来で叫ばれたせいで注目も浴びるし、散々だった。

間に合わなかったなぁ、と笑うしかない。

そうして、わたしがどういう人間なのか改めて理解したうえで、七里が望んだのは真剣勝負だった。本当に、互いの命をかけて。

もう利用もできないのに、なんとなく……そう、なんとなく、それを受けてしまった。利用しようとしたことへの罪悪感なんて、わたしに芽生えるはずもないのに。

まさか、七里のことが思いの外気に入ってしまったのだろうか。

「殺し合いとか、普通に嫌なんだけど」

独りになってから、格好悪くぼやく。

七里は命に保険があるけれど、わたしには一つしかない。

死ねば終わる、そんな当たり前がわたしにだけある勝負。

負けてやるわけにはいかなかった。わたしの命には、まだ意味がある。

それから同日、夜、わたしは一足早く人の死に立ち会う。

それも見知った顔ばかりだった。


「あなたが死ぬの、二度目だから」

転倒して既にあとのない腰越に、今更かもしれない事実を伝える。

でも十分に腰越君として生きたのだからもういいでしょう、江ノ島君。

夜の町で出会った、かつての江ノ島の死だった。

和田塚を確認できた、と嬉々《きき》としての報告からこの落差である。これからの多くを夢見ていたはずの夜に、しかしそれを避けることはできなかった。

本人は過去を捨てたこともあり、一度目の死を覚えていないようだった。当然、一度目の殺人も記憶にない。忘れたまま死んでいけるなら、そっちの方が幸せだろう。

でもそんなことより問題は、その肉体に始まっている異変。

耳や目から、植物の根のようなものが現れ始めているのを。

本人は気づかず、ただ苦しんでいるだけだった。

「こんなことだろうと……思ったわ」

さきほども呟いたことを、もう一度口にする。

この唐突な終焉《しゅうえん》はどう見ても、木の実が悪さをしている。副作用か、或いは単なる限界か。なんにせよ、命の完全な代役というわけにはいかないみたいだった。

もう植物に目を塞がれて、ろくになにも見えていない腰越が呻く。

「頼みが、ある」

「……聞くだけは聞くわ」

命乞いやなにかを呪うような言葉であったら、聞かないつもりだった。

だけど腰越が最後に、本当に最後に言い残したものはまた違って。

「千円を、家の、机に……和田塚、に、頼む」

子細に説明する余力もないらしく、腰越の伝えたいことは断片的だ。千円と聞いて、昼の七里とのやり取りを想起する。わたしはそれを受け取らなかった。なぜそうなったかといえば、それがいつもの自分の振る舞いだったからだ。

人付き合いと呼べるものではなく、他人との間になにも残せないわたしらしかった。

「……分かったわ、任せて」

それになんの意味があるかは分からないけど、死の淵に立ちながらも伝えたいことなら無下《むげ》にできない。願いが聞き届いたことを受けて安心し、心の張り詰めたものが緩んだのか腰越は動かなくなる。植物がフィルムを早送りするように、急速に肉体を蝕んでいく。針で糸を通すみたいに、次々に。

同じ人間の死に、二度立ち会うなんて。奇妙な縁もあったものだった。

しばらく、見下ろす。

分かっていたけれど、今度は生き返ってこないようだった。

わたしの殺した同級生が、今度こそ本当に死ぬ。

風が背中を撫でて、寒気を催す。

それと同時に、「ん？」悪臭。土臭さの混じった酷い臭いが、やってきた。

「わっ」

電柱の影から独立するように、人影が伸びる。頼りない影が揺らいだ。

悪臭の出所はそこからだった。

浮浪者のようで、こんなところを見られて騒がれたらどうすると身構えて。

けれど近づいてきて影が剝がれると、その顔に気づいた。

今の今まで見ていたものに、輪郭が重なる。

「まさか、腰越君？」

本物の。

江ノ島に突き落とされた方の腰越が、薄汚れた格好となりながらも立っていた。

「よく、分かったな」

土と垢《あか》で固まったものが、頬の動きに合わせてぼろぼろとこぼれる。酷い臭いで、こんなものを嗅いだら死の際でも飛び起きてしまいそうだった。

本物の腰越君は、ひょっとしたら笑っていたのかもしれない。

突き落とされてもそのときは生き返ったと思っていた。でもまったく姿を見せないので山の中で死んだと考えていたけど、生き抜いていたみたいだ。汚れを落として整髪すれば、同じ顔がこの場に二つ揃うんじゃないだろうか。

でも、江ノ島と同時期に死亡して蘇っているのだから、本物の腰越君も。

「あいつは、どこ、だ」

やはり限界のようだった。声が途切れ途切れで、その舌の先に植物が生えだしている。耳たぶにも飾りのように植物が絡みついていた。

「あいつ？」

「江ノ島、を。教えてくれ」

「……そこに」

路上に転がる死体をご紹介する。本物の腰越君のしょぼくれた目が見開かれた。

睫毛《まつげ》に積もっていた汚れが、ぱらぱらと散る。

「やっと、テメェに会いに、山を……あ、れ？」

微動だにしない腰越の死体に、本物腰越が違和感を抱く。

「たった今、亡くなったの」

腰越君の右膝が折れて、地面につきそうになる。よたよたと、車道も巻きこみながら円を描くようにふらついて、最後は目玉が焦点を失って好き放題に端に寄る。

「死んだ」

呆然と、両腕をぶら下げて。仇《かたき》の死に打ちのめされる。

いへぇ、と気味の悪い声をあげてから。

「おれも、死んだ」

冗談めかして受け身もとらないで、俯《うつぶ》せに倒れる。

江ノ島のあとを追うように。

「あとちょっと、早かったら……死ぬ前に、殺せたのに」

「……残念だったわね」

これまでなにをしていたか、聞いてはみたい。でもそんな時間は多分ないだろう。

腰越君も身の上話なんかより、他にやるべきことがあるようだった。

「頼んで、いいか」

ついさきほどに覚えのあるやり取りだった。

殺す者、殺された者。同じとき、同じ場所で、同じ相手になにかを託す。

「聞くだけは聞く」

「和田塚に、悪かったって……頼むわ」

また、和田塚だった。

「分かったわ。それだけ伝えればいいのね？」

腰越君は頷きそうになって、でもその前にああ、うう、と濁った声をあげる。

「あと、魔女に、」

「……魔女？」

聞き捨てならない単語が出る。

「魔女に？」

容態を踏まえて急《せ》かすも、言いきる前にその口は植物で封鎖《ふうさ》されてしまった。指を突っ込み、植物をちぎる。けれど唇を縫《ぬ》いつけるように生えるそれは硬く、苦労してちぎってもすぐにまた次が生えてきてより堅牢になってしまう。

その間に呼吸の一切が停止したこともあって、諦めた。

「和田塚和田塚……モテるじゃない、和田塚君」

どんなやつだったか正直印象にないのだけど。

きっと、友達であるべきと思えるような人物なのだろう。

二人の腰越君にとって。

江ノ島と腰越の死体から、植物の根のようなものが飛びだす。次々、無数に。そして肉体が弾け飛ぶとそれは草花に移ろい、赤い花びらを中心に散った。

手品のような、華麗な移り変わり。

あとには、なにも残らない。

舞い散る花の中央で、その一部始終を見届ける。

「……きれいね」

差しだすと、手のひらに花びらが載った。息を軽く吹きかけると、命を吹きこまれたようにまた宙を泳ぎ、そして夜風に流れていった。散った花がまたどこかで、あの赤い実をつける礎《いしずえ》となるのだろうか。

これが、実の命を持つ者の末路。

骨まで燃やし尽くす人の生の終焉と、どちらが儚いか。

「……綺麗で、後腐れなくて、でも」

だれにも本当の意味で悲しんでもらえない、そんな散り際だった。


「夜の散歩はどうだった？」

「美しいものが見られたわ、大満足よ」

手の中に一枚だけ包んできた花びらを放る。

部屋の電灯の下で舞う花を見て、魔女が「あらあら」と呟いた。

「どうせなら花束でも届けてくださらない？」

「暢気ね」

「なんの話？」

とぼけていると思って睨むと、魔女が首を傾げた。

「……知らないの？　それ」

「花の名前には疎《うと》いわね」

分からないようだった。死体が変化した花だと。

……ああ、そうか。人に木の実を食べさせるのは、わたしたちが初めてなのか。

それなら、死んだらどうなるか知らなくても不思議じゃない。

「腰越君になった江ノ島はついさっき死んだわ。寿命ね、木の実の」

説明していなかったことを咎め、睨む。魔女は悪びれない。

花びらを見つめて、「ふむ、ふむ」と興味深そうだ。

「あんなちっぽけな木の実が、短い時間でも代わりになるだけ大したものでしょう」

「六、七年しか保たないのね」

「相性次第ではもっと延びるわ。それでも十数年が限界のようだけど」

「腰越君も死んだわ。本物の方よ」

こちらの報告には魔女も驚いたらしく、慌てたようにわたしを見た。

「こっちに来てたの」

「生きているのは知ってたのね」

やっぱり。

「落ちてきたから助けたのよ。助けたというか、死んだあとのちょっとした世話くらいだけど。殺されたことを過剰に怯《おび》えるようになって、山からは出ようとしなかったの」

「へぇ……怯える腰越君なんて、想像つかないわ」

粗暴な性格だったし。死に際に、友人のことを気遣うなんて考えられない。

「一念発起して復讐に出てきたんでしょうね。本能的に死期を悟っていたのかも」

「野性味ありそうだったものね……」

和田塚に謝《あやま》るということは、彼の失踪に関係あったのかもしれない。その和田塚は『腰越』が死んだことを知ることはできるのだろうか。詳しくないけどなかなか、変わった状況にいるようだし。

「あなたにも伝えたいことがあったみたいだけど、言う前に花になって散ったわ」

「私に？」

魔女は腕を組み、思いを馳せるように背筋を伸ばして目を泳がせた。

「きっと、ありがとうか大嫌いのどっちかね」

「あなたはどっちだと思うの？」

「さぁねぇ」

どっちも身に覚えがあるから。魔女は目を瞑り、穏やかに笑う。

「ところで、あなたはなんでちょっとばかり不機嫌なの？」

魔女が体調でも気遣うような調子で尋ねてくる。……不機嫌？　わたしが？

「機嫌悪いの？　わたし」

「そう感じる」

自分ではそこまで露骨ではないと思うけど、どこで分かったのだろう。

「じゃあれね……失敗したから。七里を妹にする計画はご破算」

字面で見ると大分危うい内容だと思う。

「それは残念ね」

限りなく他人事としての同情を頂戴した。鼻息一つで吹き飛ぶやつだ。

「あと一週間あれば籠絡《ろうらく》できたと思う。稲村を先に始末しておくべきだったわ」

魔女を引き寄せたのだから既に彼女の役目などなかった。そのあたりを疎かにしておいたのは、明らかにわたしの落ち度だ。もっと手際よくやっていれば、犠牲《ぎせい》の一つか二つは減らせたかもしれない。振り返ってみると、そんな後悔ばかりだ。

腕を組んだ魔女が、わたしを正面から評価する。

「あなた普通にアレね」

「あれ？」

「ゲスね」

「あら褒《ほ》められちゃった」

正面からゲス呼ばわりされるほどの悪党になれたのだから。

「……なんてね」

上手くできていたところで、さっきの結末を見ていれば悲劇にしかならない。

「そこで、ただ飯食らいのあなたに頼みがあるんだけど」

魔女は雑誌を放り投げて、ムッとした。

「その枕詞《まくらことば》必要？」

「つけないとあなたが負い目を持たないもの」

いらんわそんなもん、と魔女が目を細めた。

「まぁ話を聞きましょう。なにをさせようというの？」

「この木の実を稲村に渡してきてほしいの」

赤い木の実を差しだす。元より細めていた目が更に鋭くなる。

「それを食べて、わたしになりたいと強く念じて死ねと伝えて」

わたしが直接に伝えるより、魔女を介した方が素直に聞くだろう。

魔女は木の実を受け取りながらも、その手を引っ込めない。

「いいの？」

「仕方ないわ。七里は死んだら恐らくわたしに勝つことだけを望む生き物になる。そんなのに追いかけられても迷惑だし、稲村に任せた方がいい」

それはお互いの望みを叶えるものであると思う。

実がもたらす死後について事前に説明すれば、とも考えたけど七里なら、わたしに勝てる力を、とかそんなことを望んでしまうかもしれない。そうなったら、ほら、わたしが死んでしまう。誠意が自分の利を生むとは限らないのだ。

「そういうことじゃなくて、あなたはいいの？」

「二人が他所の町に行ってくれればまぁ大丈夫でしょ」

そうじゃなくて、と魔女がやんわりながらも道を塞ぎ、逃さない。

分かってはいた。

「希望だったんでしょう？　その実が」

「短すぎる希望だって分かったのよ」

十年も保たないような希望では、とてもわたしの期待に添うものではなかった。

「もしも、生まれ変わった妹がいてもまたわたしより先に死ぬのは……辛いわ」

とてもね、と付け足す。もう一度死ぬために、生き返らせた。

そんなことを聞いたら妹は一体、どう思うのか。

魔女が三角帽子を回しながら、目にしたものに飛びつくぐらいの熱で興味を晒す。

「あなたの妹って、どんな子だったの？」

「ふわふわした子だったわ。よく見た夢の話をして、マイペースで……いい子だったのは間違いないわ」

「ふわふわに、夢ねぇ……」

うんうんと、なぜか魔女が納得するように頷く。

「あ、私の昨晩の夢とか聞きたい？」

「聞きたいと思う？」

「ええとっても」

こいつと話していると、すぐに本題から逸れてしまう。だから長々会話する気にはなれない。

「妹の生まれた意味を知りたい。ただそれだけ」

人には持って生まれた役割がある。妹にだってきっとある。

それを見定めるには、長い年月を生きることが必須《ひっす》だった。

全体を通してしか見えないものはある。長く生きて、振り返ることで見えるものもある。

「色々考えているようだけど、明日死んだら全部終わりなのよ」

だから特訓する？　という申し出はすぐに断った。

「負けるわけがないから大丈夫」

気合いを入れ直したくらいで、決定的な差というものが覆せるはずもない。

なぜ、七里はわたしに勝てないのだろう？

技量でも、気合いでもなく。

質を違えるものがなにか、わたしも、彼女にも分からない。

「そんな心配より、そっちこそたまには魔女らしいのを頼むわ」

カフェのゲーム機にかじりついているダメ人間に終始してどうする。

「……お願いされたならしょうがないわね」

「魔女ならそれらしい格好をしていったら？」

「それらしいねぇ」

旅行鞄を開いて、あれこれと服を引っ張りだす。ここには本当に旅行気分で来たのだな、と呆れる。お店開きした中で魔女が選んだのは、黒のワンピースだった。夏なのに。

「魔女ってなんとなく黒いでしょう？」

「そうかもね」

お伽話《とぎばなし》の魔女は大概黒い。黒くないと困る事情が内外にあるのだろう。

「じゃあ、明日になったら早速行ってくるから」

服を用意してから、魔女が夜のストレッチを始める。

「私としても稲村って子が表舞台《おもてぶたい》から消えてくれるのは結構なことだし」

「あなたの存在を明かされると困るものね」

そゆこと、と魔女が軽薄に肯定する。ついでに背中も軽々と曲がる。

「あー、から揚げ弁当とかー、食べたーいーぜー」

「歌ってもから揚げは出ないし歌うとうるさいし歌うと親に聞こえるとまずいの」

「その辺のイタチでもから揚げ食べてるのに……」

しょんぼりしながら魔女がエビ反る。

いつもと変わらない夜の部屋。いつもとして居着いている魔女に溜息ひとつ。

いつの間にか、部屋にはあの木の実の香りが充満していた。途切れることなく。

頬杖をつき直し、ふと赤いものに目が留まる。

散った花びらは、いつの間にか机の片隅に載っていた。

そうして、翌日。わたしは、七里を刺殺した。

いつものように、一歩だけわたしが早い。

……その前にふと唇を重ねてみたのは一体、なんの意味があったのだろう。もう七里にそうする価値はないはずなのに、気づけば顔を寄せていた。隙だらけで、殺そうと思えばあのときに実行に移せたはずだ。

でもそれができないのが、七里という人間の人柄なのかもしれない。そう、お互いに。

まるで満足した様子もなく息絶えた七里を抱いたまま、しばらく二人きりの海を過ごす。それは魔女を伴った『わたし』が現れるまで続いた。

無事にわたしの外見を得た稲村が、七里の死に、静かに涙を流す。

自分の泣き顔というものを今、初めて見た。

鏡を挟まず向き合うのは正直心臓に悪い。

「上手くやってくれたみたいね」

こっちこそ、と稲村が言う。

「ぼくに七里は殺せないから」

「……そうでしょうね」

殺したことを怒らない時点で、稲村も随分と人でなしだ。

きっとその想いは相当に歪《いびつ》なのだろう。

「じゃ、あとは……任せるわ」

七里を稲村に、もう一人のわたしに託す。稲村は七里を抱きしめて顔を髪に埋めるようにして動かなくなる。砂浜に座りこんだ二人を残して、わたしと魔女は海岸を歩く。

途中、二回ほど振り返る。七里の投げだされた足が波に濡れていた。

「二人が羨ましい？」

魔女がからかうように尋ねる。波風に交じり、魔女からは花の香りが届く。

「いやぜんぜん。色々、思い出していただけ」

ここまで濃い夏休みだったと思う。日記のように、記憶に留まっていた。

あのときに巻きこまれた六人の顔を、順繰りに思い浮かべる。

残り少なくなったなぁ。

和田塚は確証ないけれど、恐らく一度も死んでいないのはわたしだけだ。

わたしだけが、あの木の実を食べなかった。

「全然と言いつつ内心、彼女とのなにかがなくなっていくことに心の壊死《えし》を覚える。

繋いだ左手がなにかを訴えるようにさまよっているのを、握りしめて押さえた」

「ぺらぺらと捏造《ねつぞう》しないでくれる？」

なにを好き放題、ノリノリで言っているのだ。

二人を遠くに眺めながら、魔女は朗らかにわたしを罵倒《ばとう》した。

「結局、あなたがみんな殺したのね。信じられないわ、殺人鬼だわ」

「冤罪《えんざい》もあるわよ」

ムッとして否定する。腰越と和田塚はわたしが手にかけたわけじゃない。

まぁ他は殺したけど。望む者、望まない者区別なく。

「やっぱり殺人鬼ね。おそろそい」

「何語よそれ。あなただってこれまでに人くらい殺してきたでしょう？」

「残念」と、魔女が帽子のツバを上げて、明朗に否定する。

「自分が死ねば大体解決してきたから、経験ないわよ。あ、鳥は殺したことあるけど」

「それはまた、力業ですこと」

自己犠牲といえば聞こえはいいけどきっと、横着なだけだろう。

命が有り余っているなら、相手を殺すなんて手のかかることしなくてもいい。

なにかを背負わなくてもいいのだ。

「……れれ？」

帽子と共に回るように歩く魔女が、後ろを向いて目を細める。

「なにか様子がおかしいわ」

聞いて、首だけ振り返る。生き返った七里と、わたしの顔をした稲村。

長く見たい光景ではないけれど、目を凝らして違和感に気づく。

確かにおかしい。

七里はあんな緩い、惚けた顔をする性格ではなかった。

もっと厳しく周囲を見つめ続ける、そんな彼女だった。

少なくともわたしの前では。

「気になる」と呟いた魔女がざっしゅざっしゅと全力疾走で引き返していった。

余韻《よいん》とかそういうもののない魔女だ。足を止めて、帰ってくるのを待つ。

魔女は行き同様、ざしゅざしゅと砂を蹴って戻ってきた。

「記憶がないみたい」

「は？」

「あなたの殺した子、ああどっちもか。七里って子の方が死ぬ前の記憶を失っているみたいね。そんなことを望んだのかしら」

「…………………………」

混乱して、すぐに思考が纏まらなかった。

「……てっきり、わたしを殺すだけの生き物になると思っていたのに」

そしてわたしとなった稲村が殺されて、七里の願いも叶って、大体丸く収まってないにもかかも消えていくと思ったのに。とても大きな、失敗をしてしまったように感じる。

「早とちりだったわね」

「……そうね」

恨み骨髄《こつずい》の怪物に成り果てると予想していたのは、見通しが甘かった。

「そんなに」

ぽつりと、独白のように言う。

「そんなに、嫌われてないとは思わなかったの」

あれだけ打ち負かして、好き放題に振り回して。嫌いだって、何回も聞いたのに。恨まれていなかった？……いや、そんなはずはなくて。

七里は、死人が町に生きることを否定していた。自分も例外ではなかったのだろう。だから生き返った彼女は、まったく新しく……過去を持ちこまなかったのかもしれない。それはわたしへの嫌悪にも勝る、彼女なりのルールだったのだ。

「嫌われてないのが悲しそうね」

「ええ……嫌われていることには自信持っていたから」

初めて感じるこれが、彼女への敗北感だろうか。

でもこうなると、稲村が二度死んだ意味は、まったくない。救いようがなかった。

「……まぁそれでも、稲村がなんとかするでしょう」

「なんとかなるの？　あの二人、町から離れて生きていけるのかしら」

「さぁ」

「私が言うのもなんだけどお金とか大丈夫かなと」

「稲村が持っているからなんとかなるわよ」

伊達《だて》にテレビ出演を繰り返してはいない。

「なるほどねん」

魔女は納得したように頷き、海風をめいっぱい吸い込むのだった。

確かに、金銭の問題はなんとかできるかもしれない。

でも心はどうだろう？

わたしを忘れた七里が、わたしの顔をした稲村にほだされる。

稲村はそれで満足するのだろうか？

短いとはいえ、その行く末を思うとゾッとしない。

「あら随分とショック受けてる」

「受けてない」

「あの子のこと好きだったの？」

「……べつに」

べつに、と口の中で繰り返す。

「あなたがキスしたら記憶が戻るかもしれないわね」

「なぜ？」

「お伽話ってそういうものでしょう」

魔女が帽子のツバを摘んで、背景の海のように晴れやかな表情を見せる。

「久しぶりの海だから少しはしゃいでいるの」

表情の正体など聞いてない。

「……興味ないわ。彼女はもう死んだもの。あそこにいるのは、知らない人よ」

たとえ記憶が戻ったところで、七里は蘇りを否定してすぐにでも命を絶つだろう。

七里という人間はわたしが、この手で殺したのだ。

おかしいな、と頭を掻く。何回も、いつまでも、髪を掻き乱す。

自分ならもっと、上手くやれるって思っていたのに。

天国に行くつもりだったのに、魔女に誑《たぶら》かされて、最悪の罪人になってしまった。

砂浜は、歩いていくにつれて足を重くする。丁度、わたしが罪を重ねるように。

それが延々と、どこまでも続く。

「ところでこれ、どこに向かって歩いてるの？」

「さぁ」

「これからどうするの？」

「さぁ……どうしよ」

木の実も手もとから失われて、残るのはただ犯した罪だけ。

人まで殺しておいて、なんて結末だろう。

いや、人殺しでなにかを得ようというのがそもそも間違っているのだろう、多分。

でもわたしは間違っていても、結果が欲しかった。

どこへ向かい、なにを始めて、どう行き着けばいいのか。全部、白紙だ。

海岸に波が寄せる。転がる岩に砕かれて、波が掻き消えて飛沫《しぶき》が上がる。

「とっておきの魔法でどうにかしてくれない？」

「生憎《あいにく》、ＭＰ切れてるの」

そのへんの草を煮詰めて薬にしてやろうかと思った。

ＭＰねえ……。

「あ」

ピンと来た。魔女の横顔を見る。顔色は日の下にあるせいか艶がある。

「なにかを見落としている気がしてたんだけど、今気づいたの」

魔女が「いったいぜんたいなんなんだい？」と教育番組の相方みたいな相づちを打ってきて、ちょっと腹が立った。相手が深刻ではないので、こちらも軽くて済む。

「あなたも、そろそろ死ぬんじゃないの？」

あの実を食べた時期が、死んでいった連中と同じなんだから。

「お気づきになりましたか」

なぜ魔女はちょっと口の端を釣り上げて勝ち誇っているのか。

「直前まで元気だけど急に来るのよね」

腰越こと、江ノ島の前触れない転倒を思い返す。

「実はまだあるの？」

「んー」

魔女はどちらとも答えたくないように、曖昧に顎を上げるだけだった。

空を見つめて、日の高さに目を瞑る。

「どうしよっかなー」

「まぁ、好きにしたらいいんじゃない？」

わたしが決めることでもない。決めなければいけないことでもない。

それは、魔女の命の選択なのだ。

少しの間、目を瞑って歩く。

魔女の足音が聞こえる。

「好きに生きる、か」

魔女は帽子の陰の中で、自嘲と寂寥の声を漏らす。

「自分の好きってもの、あなた分かってる？」

「そういうのは特にないけど」

「じゃあ、あなたって好きに生きることができないのね」

かーわいそー、と軽薄に同情される。反論しかけたけど、考えて、まぁそうかもと納得してしまう。

好きに生きるって、なんだろう。やりたい放題か。

結構、いやかなり好き勝手に生きているけど、わたし。

でも確かに、好きなもののために生きているわけではない。

「なに考えてるの？」

少しの間、黙ったわたしを魔女が覗き込んできた。

「もちろん、次のことを考えてる」

うそぶく。でも先延ばしにはできない問題だった。

これからは、なにを目標に生きよう。

浜辺の果て、浅黒い岩壁《がんぺき》が見えてくる。歩けるとしたら、あそこまでだ。

「聞いていい？」

魔女もまた、岩壁を見つめながら口を開く。大きな声ではないけれど、吹き上がる風に運ばれて耳の近くで聞こえてきた。

「あなた、なんでそんなに妹にこだわるの？」

人も殺せるくらい、と言外にある気がした。魔女が目を海の方へと向けた。

「妹さんのこと好き？」

「べつに」

「あなたそればっかりね」

呆れたように語気を強めて言う。なにを怒っているのだろう。

「だって普通だもの。人並みに大事にはしていたつもりよ」

「あなたは人並みというものをそういう風に扱わない方がいいと思う」

どういう風だ。分からないけれど、なんとなく言わんとすることは伝わる。

他の人と一緒にできるほど、わたしは普通じゃないということなんだろう。

「かんわきゅーだい。それで、どうして？」

「あなたにそんなこと話す理由、ないでしょう」

「ないない」

否定する割に、魔女は待ち続ける。

砂浜の終わりは近い。足は重くなりすぎて、歩いているかも把握しきれず。

それでも身体は時計に背を押されるように前へ進んでいた。

なにが決め手だったのだろう。

単に気が抜けただけなのか。

ややあって、わたしは口を開いていた。

「姉として生きるための、目的が欲しかった」

生まれて早々に姉となり、そしてあっという間に取り上げられた。その立場と価値観の変貌に振り回されて、ついていけなかった。

姉を辞める方法が、分からなかった。

「そのためなら人も殺せる？」

「そうね。みんな生き返ったけど」

命を残して、相手の人生だけを奪った。

残酷な殺し方なんだろう、多分。

細かい砂にまみれたような声が届く。

「あなたには、多くの人が大事にしないといけないものが欠けている」

想像のしづらい指摘だった。月並みだけど、人でなしってことらしい。

そんなことは行動を客観的に並べていけば当然のことだった。

「ショックだわ」

魔女が肩を落とす。

「なんで」

「一緒だから」

「なにが？」

「生きる動機」

落ち込んだ素振りを見せながらも、魔女は遅れることなく隣に続く。

「目的がないと生きた気がしない。だから目的を作るの」

「ふむ」

確かにそれなら、わたしと同じかもしれない。

「けっこうみんな、やっていることだと思うけど」

「そう。きっと、やり方の問題なのよね」

魔女は深々と、大げさなほどの溜息を吐くのだった。

よく分からないけれど、わたしと一緒がそんなに嫌か。

……まぁわたしも嫌ではある。

まだ生きているのに、年季の入った死人と価値観が同じなんて、ぞっとしない。

岩壁まで行き着いて、足が止まる。壁を前にすると、威圧されるようで。

それは子供の頃、たくさんの高い建物や大人に囲われてより顕著《けんちょ》に感じていたものだった。

高校生になって、背も伸びているはずなのに。

自分はいつまで、この息苦しさから逃れられないのだろう。

「で、結局あなたどうするの？」

腰越君、和田塚君、稲村さん、七里、江ノ島君。みんな、いなくなった。

若干二名はいなくなる予定、だけど。

赤い実が根を張り、結びつけ合ったわたしたちの物語はそれぞれが枯れきって終わりを迎えようとしている。その終わり際に、魔女はなにを見るのか。

「そうねぇ」

魔女はおっとりとした調子で、悩んでいるかも曖昧だ。

「残っているのはわたしだけよ」

深い意味で言ったわけではなかった。単なる事実を舌の上でなぞったにすぎない。

けれどそれを聞いた魔女は目的の道でも見つけたように、口の端を緩めた。

「それなら」

魔女は強い風から守るように、帽子を押さえる。

海風に煽られたツバは苦しそうに、どこにもいけないでばたばたともがくのだった。


「かゆ」

足の裏をこちらに、恐らくわざと向けながら掻いている。

真っ白い指の付け根に、赤い虫さされの跡が目立つ。

「どこでなにしてれば刺されるのかしら、こんなとこ」

「押し入れにでもいたんじゃない?」

「なーる」

納得した魔女が掻くのを終えて、足の爪切りに戻る。

わたしたちの間で、扇風機が緩く首を振っていた。夏も、外で意気揚々としている。

七里が死んでから二日後、魔女は健在だった。

夏休みはまだ始まったばかりだった。

今のところ、稲村たちの行く末、その他噂はわたしの元に届いていない。

今後一生関わらないでいてほしいと切に願う。お互いのために。

「こんなのが居着いているのに、よくばれないものね」

うちの家の人間もいい加減というか。わたし以外が魔女に化かされているのではと思ってしまう。しかし深爪に悩んでいる魔女の姿を見ると、そんな大それた奇跡なんて無縁なのだろうなと大がかりな可能性を否定してしまう。

単に考えている以上に、わたしたちが世界に関心を持っていないだけだ。

前を見て生きるのにせいいっぱいだ。

このノートに綴られるそれも、またそのひとつだった。

「なにを熱心に読んでるの？」

「弁当泥棒の自白」

「ミステリ小説？」

「和田塚君の日記らしきものよ」

魔女が首を傾げるような仕草をする。和田塚君がだれか分からないようだ。考えてみれば初対面のときから、お互いに名前も名乗っていない。

「あなたが実をやった六人の一人」

「ふむ……ああ多分、一番背の高かった子ね」

指折りしているので、消去法で考えたらしい。

「そう。腰越君の家にお金を置きに行ったとき、ついでに少々調べさせてもらったら物置でノートを見つけたの。腰越君のノートと筆跡が違うし、多分彼のだと思う」

読んでいたノートを掲げて魔女に見せる。

「さらりと泥棒してくるとか怖い」

魔女が引くように肩を反らす。そこはこの際どうでもいい。

「和田塚君はこの町にいるけれど、だれからも見えない状態になっているみたい。独りで生きると願ったらそうなった、みたいなことが書いてあるわ。それとなぜか自分の家ではなく腰越君の家に住んでいるみたいね」

日記の内容を簡単に説明すると、魔女は親指の爪を整えながら頷いた。

「自分の家には居づらいんでしょう、家族が心配しているのを想像して」

「なるほど」

それから、腰越君からのサインを見逃さないようにというのもあるかもしれない。

その程度には期待して、すがっているのがノートの中より見てとれる。

独りであることを願いながら、この繋がりだけは捨てられない。

触れ合うことも、見ることもできない、偽りの絆《きずな》を。

「死人の願いを放棄することもできないし……長い嘘になりそうね」

そして長い出費にも。千円は、積み重ねれば高校生には少し重い。

バイトでもやってみるべきだろうか。

スーパーで働く七里の姿を思い出す。

同時に、唇の感触も幻の中で浮き沈みするのだった。

七里は、『わたし』と上手くやっているだろうか。

「……あなた、次の実は食べたの？」

「さぁねー」

魔女が陽気にごまかす。魔女に何度尋ねても、首を縦横のどちらかへと素直には振らない。

「暢気ね。今、こうしている間にも死ぬかもしれないのに」

「それはみんな一緒でしょう。隕石《いんせき》降ってくるかもしれないし」

「事故と寿命は違うわ、多分」

自分で言っていて、線引きが曖昧だと気づく。考え詰めてみたいところでもあった。

でもその前に、魔女が質問してくる。

「ねぇ、実を食べた人はどんな風に死んでいったの？」

実を食べた者の死体が見つからないのなら、普通の終わり方でないことくらいは察しているのだろう。正直に答える。

「花になって散っていったわ」

「……風流ね」

眩しいものを見るように、魔女が穏やかに目を細める。

「そんなきれいな死に方、めったにできるものじゃないわ」

たくさん死んだけれど、と旧友を思い返すように魔女は儚く笑うのだった。

以前に持ってきた赤い花びらを思い出す。まだ残っているだろうかと机の上を確かめたけれど見当たらない。掃除しているときにでも捨ててしまったのだろう。

二人の腰越君の、どちらの花を手にしたのかさえ覚えていなかった。

しかしどちらにしても、鮮やかな色合いを忘れることはない。

「実をお腹いっぱいどころじゃないし、私なら大樹が生まれるかもしれない」

「始末が面倒だから家の中では死なないでね」

「慎ましく生えるからお水くらい頂戴よ」

けらけらと笑いながらせがんでくる。そんな魔女を見ていて、椅子ごと向き直る。

死ぬにせよ、生きるにせよ、はっきりとさせておかないといけない。

魔女もこちらの雰囲気を感じてか顔を上げて、爪切りを脇に置く。

除《の》けた帽子までわざわざかぶったのを見届けて、そうくるならと『魔女』に問う。

「あなた、なんでここにいるの？」

「言ったじゃない、あなたしか残っていないって」

二日前の浜辺から、線を引くように今このときへと至る。

「だから、残っているあなたのお話を見届けようと思ったの」

爪切りのついでとばかりに、なんてことなく魔女が言う。

それが魔女の語った、生きる動機というやつだろうか。でも、と思う。

「わたしの話なんて」

「終わらないわ、あなたと私が生きている限り」

多分ね、と魔女は笑って付け足す。

「……ふぅん……」

あの日からあがいて、手に入れたのは居候の魔女一人。

思わず、肩を揺すってしまう。

わたしと魔女の物語。

きっとお互いの根が絡み、奪い合い、枯れていくばかりだ。

そんな話を見届けたいなんて、性格の悪い魔女である。

生きている限りなんていうのも、どうとでもとれて。……卑怯《ひきょう》だ。

「……で、赤い実は？」

「ナイショ」

魔女はあくまでもそこを有耶無耶《うやむや》にして、窓の向こうを仰ぎ見る。

蝉が鳴き、空は青く滲む、ごくありふれた夏。

その日常を背景に、魔女がいた。

「次に生まれたときは……そうね、変わらない自分を願おうかな」

その呟きが目と鼻の先なのか、それとも本当にずっと彼方への希望なのか。

わたしには判断がつかなくて、ただ眺めることしかできなくて。

でも、それもいつしかいいかと前向きに捉えられるようになる。

犯した罪の散りばめられた、落ち着かない夏。
訪れる魔女の最期《さいご》を見届けるのも、悪くないかと思う。

この夏、おかしな魔女がわたしの部屋で赤く咲いている。
今にも散ってなくなりそうなそれの香りを、そっと嗅ぐ。

入間人間　著作リスト

探偵・花咲太郎は閃かない（メディアワークス文庫）
探偵・花咲太郎は覆さない（同）
六百六十円の事情（同）
バカが全裸でやってくる（同）
バカが全裸でやってくるVer.2.0（同）
昨日は彼女も恋してた（同）
明日も彼女は恋をする（同）
時間のおとしもの（同）
瞳のさがしもの（同）
彼女を好きになる12の方法（同）
たったひとつの、ねがい。（同）
19 ―ナインティーン―（同）
僕の小規模な奇跡（同）
僕の小規模な自殺（同）
エウロパの底から（同）
砂漠のボーイズライフ（同）
神のゴミ箱（同）

ぼっちーズ（同）
デッドエンド　死に戻りの剣客（同）
少女妄想中。（同）
きっと彼女は神様なんかじゃない（同）
もうひとつの命（同）
嘘つきみーくんと壊れたまーちゃん　幸せの背景は不幸（電撃文庫）
嘘つきみーくんと壊れたまーちゃん2　善意の指針は悪意（同）
嘘つきみーくんと壊れたまーちゃん3　死の礎は生（同）
嘘つきみーくんと壊れたまーちゃん4　絆の支柱は欲望（同）
嘘つきみーくんと壊れたまーちゃん5　欲望の主柱は絆（同）
嘘つきみーくんと壊れたまーちゃん6　嘘の価値は真実（同）
嘘つきみーくんと壊れたまーちゃん7　死後の影響は生前（同）
嘘つきみーくんと壊れたまーちゃん8　日常の価値は非凡（同）
嘘つきみーくんと壊れたまーちゃん9　始まりの未来は終わり（同）
嘘つきみーくんと壊れたまーちゃん10　終わりの終わりは始まり（同）
嘘つきみーくんと壊れたまーちゃん11　××の彼方は愛（同）
嘘つきみーくんと壊れたまーちゃんｉ　記憶の形成は作為（同）

電波女と青春男〈同〉
電波女と青春男②〈同〉
電波女と青春男③〈同〉
電波女と青春男④〈同〉
電波女と青春男⑤〈同〉
電波女と青春男⑥〈同〉
電波女と青春男⑦〈同〉
電波女と青春男⑧〈同〉
電波女と青春男SF（すこしふしぎ）版〈同〉
多摩湖さんと黄鶏くん〈同〉
トカゲの王Ⅰ－SDC、覚醒－〈同〉
トカゲの王Ⅱ－復讐のパーソナリティ〈上〉－〈同〉
トカゲの王Ⅲ－復讐のパーソナリティ〈下〉－〈同〉
トカゲの王Ⅳ－インビジブル・ライト－〈同〉
トカゲの王Ⅴ－だれか正しいと言ってくれ－〈同〉
クロクロクロック1/6〈同〉
クロクロクロック2/6〈同〉
クロクロクロック結〈同〉

安達としまむら（同）
安達としまむら2（同）
安達としまむら3（同）
安達としまむら4（同）
安達としまむら5（同）
安達としまむら6（同）
安達としまむら7（同）
強くないままニューゲーム　Stage1 -怪獣物語-（同）
強くないままニューゲーム2　Stage2 アリッサのマジカルアドベンチャー（同）
ふわふわさんがふる（同）
虹色エイリアン（同）
おともだちロボ　チョコ（同）
美少女とは、斬る事と見つけたり（同）
いもーとらいふ〈上〉（同）
いもーとらいふ〈下〉（同）
僕の小規模な奇跡（単行本　アスキー・メディアワークス）
ぼっちーズ（同）

本書は書き下ろしです。

メディアワークス文庫

もうひとつの命《いのち》

入間人間《いるまひとま》

2017年12月22日　初版発行
2024年12月15日　6版発行

発行者　山下直久
発行　株式会社KADOKAWA
〒102-8177　東京都千代田区富士見2-13-3
0570-002-301（ナビダイヤル）
装丁者　渡辺宏一（有限会社ニイナナニイゴオ）
印刷　株式会社KADOKAWA
製本　株式会社KADOKAWA

●お問い合わせ
https://www.kadokawa.co.jp/（「お問い合わせ」へお進みください）
※内容によっては、お答えできない場合があります。
※サポートは日本国内のみとさせていただきます。
※Japanese text only

※定価はカバーに表示してあります。

Printed in Japan
ISBN978-4-04-893608-8 C0193

メディアワークス文庫　https://mwbunko.com/

本書に対するご意見、ご感想をお寄せください。
あて先
〒102-8177　東京都千代田区富士見2-13-3
メディアワークス文庫編集部
「入間人間先生」係